Andrea Camilleri

Der Bahnwärter

Roman

Aus dem Italienischen
von Moshe Kahn

Kindler

Die Originalausgabe erschien 2008 unter dem Titel
«Il casellante» bei Sellerio Editore, Palermo.

1. Auflage März 2012

Redaktion Susanne Van Volxem, Frankfurt am Main
Satz aus der Dante PostScript, InDesign, bei
Pinkuin Satz und Datentechnik, Berlin
Druck und Bindung GGP Media GmbH, Pößneck
Printed in Germany
ISBN 978 3 463 40576 6

Der Bahnwärter

Eins

Die Schmalspurbahn, die von dem winzigen Bahnhof in Vigàta-Cannelle nach Castellovitrano fuhr, dem letzten von dieser Linie angefahrenen Ort, brauchte über einen halben Tag, um ihr Ziel zu erreichen, denn die vorgesehenen Stationen zählten gut zwanzig, gar nicht zu reden von den unvorhergesehenen Unterbrechungen, die durch die Gleise überquerende Schaf- und Ziegenherden erzwungen wurden oder von der einen oder anderen Kuh, die es sich hatte einfallen lassen, zwischen den Gleisen einzuschlafen.

Die Züge, die diese Strecke befuhren, waren wie Zwillingsbrüder: die Dampflokomotive mit dem Kohlewagen, die drei Personenwaggons zog, jeder mit einem Perron, der im Sommer an den Seiten mit grün-rot gestreiften Vorhängen gegen das grelle Sonnenlicht versehen wurde.

Die dritte Klasse mit den hölzernen Sitzbänken bestand aus dem ersten und dem letzten Waggon, während der mittlere Waggon mit den gepolsterten Sitzen aus rotem Samt und den spitzenumsäumten weißen Lätzchen für die Köpfe die erste Klasse darstellte. Eine zweite Klasse gab es nicht.

Jeden Morgen um sechs Uhr fuhr ein Zug von Vigàta ab und genau zur gleichen Zeit einer von Castellovitrano, und nachdem sie sich am Bahnhof von Sicudiana gekreuzt hatten, fuhren sie um zehn Minuten vor eins in die jeweiligen Zielbahnhöfe ein.

Nachmittags um drei fuhr jeder der beiden Züge dann wieder an den Ort zurück, von dem er morgens abgefahren war.

Sie waren ungeheuer langsam. Und zwar so langsam, dass die jüngeren Reisenden im Sommer, wenn die Lokomotive in der Nähe der Scala dei Turchi* die Steigung anging, oft die Zeit nutzten, sich auszuziehen – die Unterwäsche hatten sie bereits zuvor gegen ihre Badekostüme eingetauscht –, ein schnelles Bad im Meer zu nehmen und wieder zum schnaubend auf halber Höhe hinaufzuckelnden Zug zurückzukehren, um sich dann auf dem Perron von der Sonne trocknen zu lassen.

Denn die Gleise verliefen, mit Ausnahme eines Stücks von zehn Kilometern, das über Land führte, während der gesamten Strecke fast in unmittelbarer Ufernähe. Und auch auf dem Stück über Land sprangen die Jüngeren herunter und versorgten sich mit dem Obst und Gemüse, das es zur jeweiligen Jahreszeit gab – mal grüne Kichererbsen, mal frische Saubohnen, mal Orangen und Zitronen, dann wieder Mispeln, Trauben und Aprikosen. Die Landbesitzer wurden mitunter äußerst wütend und brachten die Jungen dazu, schnell wieder aufzuspringen, indem sie ein paarmal in die Luft schossen.

* Die «Türkentreppe» ist eine besondere Kalksteinformation an der Südküste Siziliens zwischen Realmonte und Porto Empedocle. [Anm. d. Übers.]

Die Reisenden waren fast immer dieselben: Händler, Angestellte, Lehrer, Schüler und Familienangehörige von Knastbrüdern. Die beiden letzteren Gruppen stiegen in Vigàta aus, um dort einen Bus oder einen anderen Zug zu nehmen, der sie nach Montelusa bringen sollte, wo die höheren Schulen waren und das Gefängnis von San Vito.

Unter den Reisenden befanden sich auch Leute aus den Dörfern, die den Zug mit Säcken und Körben bestiegen, um in den größeren Ortschaften Eier, Ricotta, Käse und manchmal auch ein Huhn oder ein Kaninchen zu verkaufen.

Untereinander kannten sie sich alle, und jeder kannte die Heizer und die Zugführer, die auch die Schaffnerpflichten übernahmen.

Gelegentlich fuhren die Züge mit leichter Verspätung ab, weil einer der regelmäßig Reisenden nicht rechtzeitig am Bahnhof war und der Zugführer in Erwartung der Verspäteten das Signal zur Abfahrt noch nicht geben wollte. Das hatte zu dem Brauch geführt, dass man den Zugführern Bescheid gab, sofern man am nächsten Tag nicht mitreisen konnte, damit er nicht vergebens wartete.

Einmal erschien zur Abfahrt um sechs Uhr von Vigàta Don Jachino Marzo nicht, ein Mann von sechzig Jahren, der ein Stoffgeschäft in Sicudiana hatte.

Nachdem der Zugführer zehn Minuten gewartet hatte, fragte er die Reisenden, was er denn nun machen solle. Die Mehrheit war der Ansicht, noch ein bisschen zu warten. Doch Don Aitano Fazio, einer der sieben, die immer in der ersten Klasse mit Don Jachino reisten, machte den Vorschlag, jemand solle zu Marzos Haus gehen, der vier

Schritt vom Bahnhof entfernt wohnte, um in Erfahrung zu bringen, was Marzo denn nun tun wolle. Ein Freiwilliger ging hin und kam mit tiefernstem Gesicht zurück: Jachino Marzo war in der Nacht an einem Schlaganfall gestorben. In einem der Waggons der dritten Klasse betete die Lehrerin Iacolino während der ganzen Fahrt gemeinsam mit den Anwesenden Rosenkränze und Gebete für den just Verstorbenen. Am Tag seiner Beerdigung befand sich unter den Kränzen auch einer mit dem Schriftband «In seligem Gedenken von den Mitreisenden im Zug».

Mit Ausnahme der Schüler, die ihren Unterrichtsstoff noch einmal durchgingen, und der Lehrer, die eine Zeitung bei sich hatten, waren die anderen Reisenden keine Leser und verbrachten die Fahrt entweder mit Plaudereien oder mit Kartenspielen.

Daher hatten sich die Reisenden stillschweigend aufgeteilt und sich feste Plätze gesucht, sodass beispielsweise die Kartenspieler sich immer in Vierergruppen gegenübersitzen konnten.

Es gab auch zwei Güterzüge, die auf derselben Strecke fuhren und auch sonst den Personenzügen in fast allem ähnelten, nur dass sie aus einer Lokomotive und fünf Waggons bestanden und ihren Dienst um vier Uhr in der Frühe aufnahmen.

Sonntags waren die Züge nahezu leer, bis auf ein paar Leute, die zum großen Markt in irgendeinen Ort fuhren, oder, wenn die Jagdsaison eröffnet war, ein halbes Dutzend Jäger, die alle an der Station von Vo' Marino ausstiegen, einem gottverlassenen Kaff, wo es jedoch von Wachteln, Kaninchen und Hasen nur so wimmelte.

Bevor man, von Vigàta kommend, Sicudiana erreichte, gab es drei Stationen, und man begegnete drei Bahnwärterhäuschen. Die ersten beiden befanden sich in unmittelbarer Nähe des jeweiligen Bahnübergangs, das dritte hingegen lag abseits, vor ihm das Schotterbett mit dem einzigen Gleis, dann der Strand und danach das Meer, während sich hinter ihm das offene Land ausbreitete und in einiger Entfernung ein weiteres Haus lag. Wenn der, der für dieses Bahnwärterhäuschen zuständig war, seine Einkäufe im nächsten Ort erledigen wollte, benutzte er eine Lore, die vier Räder und vier Plätze hatte und mit Hilfe von Pedalen betrieben wurde. Sie stand auf einem toten Gleis. Man musste nur die Weichen stellen, und schon befand sich die Lore auf dem Hauptgleis. Jedes Bahnwärterhäuschen hatte eine solche Lore; sie dienten den Arbeitern für die Instandhaltung der Eisenbahnstrecke. Natürlich musste man auf die Zeit achten, zu der man die Lore für die Hin- und Rückfahrt verwendete, wollte man nicht Gefahr laufen, plötzlich einen Güter- oder einen Personenzug vor sich auftauchen zu sehen.

Die Bahnwärterhäuschen wirkten, als wären sie nach Schablone gebaut worden. Gelb angemalt, ein Stockwerk. Im Erdgeschoss befanden sich das Esszimmer, die Küche und die Toilette. Außer der Eingangstür hatte jedes Häuschen ein Seitenfenster. Eine Treppe führte ins obere Stockwerk, wo das Schlafzimmer lag und eine Kammer. Das Schlafzimmerfenster befand sich genau oberhalb der Eingangstür. Neben jedem Bahnwärterhäuschen gab es einen gemauerten Abstellraum, in dem die Instandhaltungsgeräte untergebracht waren.

Die Schmalspurbahn, die in der Mitte des neunzehnten Jahrhunderts gebaut worden war, gehörte einem privaten Unternehmen, doch mit Auftreten des Faschismus wurde sie zwangsweise in die Ferrovie dello Stato eingegliedert. Und zu den ersten Dingen, die unter dem neuen Regime geschahen, gehörte die Kündigung von Tausenden von Eisenbahnern, und zwar mit dem Vorwurf, sie wären Kommunisten oder Sozialisten. Nicht selten geschah es, dass die weniger arbeitsaufwendigen und von daher attraktiveren Bahnwärterstellen als Prämien denjenigen Arbeitern oder Handlangern zugesprochen wurden, die sich als Faschisten der ersten Stunde erklärt hatten.

Und so wurde das dritte Bahnwärterhäuschen – das beste, weil man hier nicht einmal die Mühe hatte, die Kurbel zum Öffnen oder Schließen der Schranken drehen zu müssen und sich hinter dem Haus zudem ein Trinkwasserbrunnen befand – dem Kameraden und Exrangierer Concetto Licalzi zugewiesen, der sich dadurch besonders ausgezeichnet hatte, dass er vier seiner Kollegen der kommunistischen Propaganda bezichtigt und somit der faschistischen Polizei ausgeliefert hatte.

Als Concetto Licalzi 1930 das Bahnwärterhäuschen in Besitz nahm, fühlte er sich so, als wäre er ins Paradies gekommen.

Eine Woche darauf zäunte er ein beträchtliches Stück Land ein, ohne den rechtmäßigen Eigentümer um Erlaubnis zu fragen, und legte einen Gemüsegarten an, der es ihm ersparte, Geld auf dem Markt auszugeben. Und mit dem Brunnen fehlte es ihm ja auch nicht an Wasser.

Zwei Jahre darauf arrangierte eine Heiratsvermittlerin für ihn die Ehe mit einem hübschen Mädchen aus Montereale, Àgata Pùrpura. Im Jahr darauf kam ein Junge zur Welt, und sie nannten ihn Benito. Noch einmal zwei Jahre später kam ein Mädchen zur Welt, und sie gaben ihr den Namen Rachele.

Das glückliche Leben des Concetto Licalzi erfuhr zweimal am Tag zu genau festgelegten Zeiten eine leichte Verfinsterung, ausgenommen sonntags. Nämlich am Morgen, wenn der Zug von Castellovitrano bei ihm vorbeifuhr, und am späten Nachmittag, wenn der Zug, nun wieder auf dem Rückweg nach Castellovitrano, erneut bei ihm vorbeifuhr.

Immer am selben Zugfenster, sommers wie winters, stand ein ärmlich gekleideter Mann um die vierzig, der, sobald er ihn vor dem Bahnwärterhäuschen sah, die Brust vorschob und ihm den Römischen Gruß erwies. In der ersten Zeit erwiderte Concetto Licalzi den Gruß der Faschisten. Doch dann fing er an, sich zu befragen, wieso der Mann nicht eine einzige Vorüberfahrt ausließ, ohne dabei jedes Mal diesen Gruß zu wiederholen. Er wusste nicht einmal, wer der andere war.

So überließ er eines Tages seiner Frau die Aufsicht über das Häuschen, machte sich auf den Weg zur Station von Sicudiana und bat den Bahnhofsvorsteher um Auskunft. Und der sagte ihm, dass der bewusste Vierzigjährige Antonio Schillàci heiße, Langusten in Fiacca fange und sie an ein Restaurant in Montelusa verkaufe. So konnte er rechtzeitig noch den Zug erreichen, der um drei Uhr wieder von Vigàta losfuhr.

«Hat dieser Schillàci denn einen Bruder bei der Eisenbahn?»

«Er war selbst mal Eisenbahner. Die Faschisten haben ihn rausgeschmissen.»

Da wurde ihm plötzlich alles klar: Ciccio Schillàci, Antonios Bruder, war einer der vier Kommunisten, die er denunziert hatte. Antonio hatte also herausgefunden, dass er der Verräter gewesen war, und grüßte ihn nun absichtlich mit dem Römischen Gruß, um ihn zu verhöhnen und ihm gewaltig auf die Nerven zu gehen.

Ab sofort erwiderte Concetto Licalzi den Gruß nicht mehr. Dann, eines schönen Morgens, hielt er es nicht mehr aus, nahm die Lore und denunzierte Antonio Schillàci beim Commissario.

Der sah ihn am Ende völlig verblüfft an.

«Zieht er beim Römischen Gruß denn Grimassen, sagt er irgendwelche Dinge?»

«Nein. Er grüßt einfach nur römisch, und basta.»

«O nein, nichts basta!», sagte der Commissario.

«Aber wenn seine Absicht doch die ist, mir auf die Nerven zu gehen, indem er mich verspottet!»

«Das behauptest du. Aber beweis das erst einmal!»

Concetto Licalzi kehrte zurück und schnaubte Feuer aus seinen Nüstern wie ein wütender Stier. Als der Zug nachmittags wieder vorbeikam, stand er mit einem doppelläufigen Jagdgewehr im Arm bereit. In dem Moment, als Schillàci grüßte, schoss er. Er traf ihn nicht, und Schillàci zeigte ihn wegen versuchten Mordes an. Concetto Licalzi verteidigte sich, indem er behauptete, der Schuss habe sich von selbst gelöst. Und der Commissario verfügte Schillàci gegenüber: Wenn der Zug an dem Bahnwärterhäuschen vorbeifahre, habe er die Pflicht, sofern er sich zeigen wolle, sich an dem zum Meer hin liegenden Zugfenster zu zeigen. Wenn ihn dann der Drang überkomme, den Römischen Gruß auszuführen, würden ihn so nur die Möwen bemerken.

Im Juni 1940 erklärte Mussolini Frankreich den Krieg. Und zwei Tage darauf kamen ein paar französische Tiefflieger übers Meer gejagt und bombardierten den gesamten Küstenabschnitt.

An ebendiesem Morgen hatte Concetto seine beiden Kinder genommen, um sie nach Sicudiana zum Arzt zu bringen. Sie starben alle drei im Kugelhagel eines Jagdbombers, der die Lore ins Visier genommen und sie wohl mit wer weiß was verwechselt hatte.

Àgata Pùrpura kehrte mit einer guten Pension ins Haus ihrer Eltern zurück. Nach nicht einmal einem Jahr heiratete sie erneut.

Zum neuen Bahnwärter wurde Pippino Muscarà ernannt, doch der blieb nur bis zum Ende des Jahres 1941 dort, nachdem es ihm endlich gelungen war, zu einem in den Monti Madonie gelegenen Bahnwärterhäuschen versetzt zu werden, genau zwischen zwei Berge. Dort konnte seine Frau Giuvannina endlich ihren Frieden finden: Sie war nämlich auf dem Land bei Enna in achthundert Metern Höhe geboren und dort aufgewachsen; und jeden Tag, den sie in dem Bahnwärterhäuschen am Meer verbracht hatte, war sie von morgens bis abends aufs Dach geklettert, in der festen Überzeugung, dass früher oder später das Wasser steigen und mindestens das gesamte Erdgeschoss überfluten würde.

Im März 1942 kam Nino Zarcuto in besagtes Bahnwärterhäuschen, ein gutaussehender junger Mann von dreißig Jahren mit tintenschwarzen Haaren und Augen. Er konnte nicht mehr den Beruf des Rangierers ausüben, weil seine linke Hand beim Ankoppeln zweier Waggons zwischen die Stoßdämpfer geraten war und er dabei den Ring- und den kleinen Finger verloren hatte.

Aus demselben Grund wurde er auch nicht eingezogen und als Soldat in den Krieg geschickt.

Doch der Unfall hatte ihn nicht daran gehindert, weiterhin wie ein Gott auf der Mandoline zu spielen. Mit seinem engen Freund Totò Cozzo, der ebenso hervorragend die Gitarre spielte, hatte er ein Duo gebildet, das an Sonn- und Feiertagen im Friseursalon des besten Barbiers von Vigàta, nämlich bei Don Amedeo Vassallo, aufzutreten pflegte.

Oft blieben die Kunden noch im Friseursalon, nachdem sie sich hatten rasieren oder die Haare schneiden lassen, um sich weiter an der Musik zu erfreuen.

Als Nino in den Besitz des Bahnwärterhäuschens kam, war er schon seit zwei Jahren mit Minica Oliveri verheiratet, die weder schön noch hässlich war; sie hatte zwar das Gesicht einer gut versorgten Ehefrau, aber sie arbeitete hart. Das Haus glänzte immer wie ein blankgeputzter Spiegel. Sie kochte gut und wusste auch, wie sie den Garten ertragreicher machen konnte. Mehr noch, sie ließ sich von Nino einen Stall neben dem Garten bauen und setzte ein paar Hühner hinein. Auf diese Weise konnten sie stets auch frische Eier essen.

Nino und Minica hatten nur eine einzige Sorge: Der liebe Herrgott schenkte ihnen keine Kinder, sosehr die beiden sich auch übten.

Jeden Sonntagmorgen nahm Nino die Lore und gab mit seinem Freund Totò seine kleinen Konzerte. Wenn er wieder nach Hause kam, war es immer schon dunkel. Und er fand zum Essen alles vorbereitet. Seine Frau nutzte diesen Tag, da sie ihn nicht um sich herum hatte, um ein paar Kleidungsstücke für sich zu nähen, denn auch darauf verstand sie sich, oder um Ninos Sachen zu stopfen: Hemden, Unterhosen oder Socken.

Sie hatte eine schöne Stimme. Und jeden Sonntagabend im Frühling und im Sommer nahmen Nino und Minica, wenn keine Züge mehr vorbeifuhren, zwei Stühle und setzten sich ans Meeresufer. Minica sang, und Nino begleitete sie auf der Mandoline. Danach kehrten sie wieder zu ihrem Häuschen zurück und gaben sich mit großer Lust der Beschäftigung hin, Kinder zu zeugen.

Als sechs Monate vergangen waren und beide sahen, dass es keinen Weg gab, Minica schwanger werden zu lassen, beredeten sich Mann und Frau eines Abends miteinander. Und sie gelangten zu der Einsicht, dass es vielleicht besser wäre, Rat bei einer Wehmutter zu erfragen, die sich auf diese Dinge verstand. Es war ja möglich, dass sie die richtige Behandlung einleiten konnte.

Eines Nachmittags machte Nino sich nach Vigàta auf und kehrte ein paar Stunden später mit Donna Ciccina

Pirrò zurück, die siebzig Jahre alt war, das halbe Dorf auf die Welt gebracht hatte und von Pachino in Castellovitrano in höchsten Tönen gelobt worden war.

Die Wehmutter untersuchte Minica von innen und außen und sagte dann:

«Bestens. Bei dir stimmt alles.»

Und während sie das sagte, blickte sie Nino an, als wollte sie ihn fragen:

«Und du? Stimmt bei dir auch alles?»

Auf der Rückfahrt mit der Lore sagte Donna Ciccina, Nino solle sich einmal von einem Arzt untersuchen lassen. Sie riet ihm, zu Dottor Gerbino in Sicudiana zu gehen.

Tags darauf fuhr Nino zu ihm. Er wartete eineinhalb Stunden im Wartezimmer, weil er keinen Termin ausgemacht hatte, dann führte die Arzthelferin ihn ins Behandlungszimmer. Der Anblick des Arztes versetzte Nino in Angst und Schrecken. Er war mindestens einen Meter neunzig groß, wirkte mächtig wie ein Kleiderschrank und hatte einen gewaltigen Bart, der so rot war wie seine Haare.

«Zieh Hose und Unterhose aus!»

Nino lief vor Scham rot an, aber gehorchte. Der Arzt betastete ihn lange und gab ihm dann ein verschlossenes Gefäß mit einem Deckel drauf. Er zeigte auf den Wandschirm und sagte:

«Mach's dahinter!»

«Was soll ich da machen, Entschuldigung?»

«Wichsen sollst du! Aber Vorsicht, der Samen muss im Gefäß landen!»

Er versuchte es. Aber es wollte nicht klappen.

«Na, was ist?», fragte der Arzt nach fünf Minuten gespannt.

Endlich gelang es ihm, ganz wie Gott es wollte.

«Komm übermorgen wieder!», sagte der Arzt.

Er kam wieder.

«Mein Freund, da kann man nichts machen. Wenn ihr keine Kinder kriegen könnt, dann deshalb, weil du ein Problem hast. Deine Spermien sind schwach und auch viel zu wenig. Und ich bin nicht der Meinung, dass man diese Sache durch irgendeine Behandlung in den Griff bekommen kann.»

Wenn er ihn erschossen hätte, wäre es besser gewesen.

«Und, was hat der Arzt gesagt?», fragte ihn Minica.

Er beschloss, ihr nur die halbe Wahrheit zu sagen.

«Er hat gesagt, wir sollen weiter probieren. Und wenn nichts geschieht, soll ich in sechs Monaten wiederkommen.»

Er fühlte sich nicht in der Lage, ihr gleich die Wahrheit zu sagen. Dazu brauchte er ein bisschen Zeit.

Dass er sich verändert hatte, merkte nur Totò. Und der bohrte und fragte so lange, bis Nino ihn schließlich ins Vertrauen zog.

«Ach, lass dich doch von diesem Dottor Gerbino nicht verrückt machen!»

«Was soll das heißen?»

«Das soll heißen, dass ich einen Freund hatte, der in der gleichen Lage war wie du, und auch ihm hat Gerbino das Gleiche gesagt wie dir.»

«Und was weiter?»

«Dann hat ihm jemand geraten, sich an Signora Pillica zu wenden.»

«Und wer ist das?»

«Eine aus Montereale, die sich auf Kräuter versteht.»

«Wie ist es ausgegangen?»

«Mein Freund ist hingefahren, sie hat ihm ein Heilmittel gegeben, und seine Frau ist mit Zwillingen schwanger geworden.»

«Weißt du, wo sie wohnt?»

«Gleich neben der Kirche vom heiligen Hieronymus.»

Tags darauf fuhr er zu ihr. Im Eingangszimmer saß ein Mann von siebzig Jahren, und die Helferin sah aus wie eine alte Mumie.

«Gnà Pillica ist beschäftigt.»

«Und ich bin jetzt hier!»

«Aber vor Euch ist noch dieser Herr dran.»

«Und ich bin jetzt hier!»

Dieses Mal wartete er zwei Stunden. Endlich war die Reihe an ihm. Er hatte sich vorgestellt, dass er es mit einem alten Kräuterweiblein zu tun haben würde, doch dann erwies sich Signora Pillica als eine elegante, sorgsam zurechtgemachte Fünfzigerin mit einem gewaltigen Busen und einem gewaltigen Hinterteil. Mit einer gewissen Erleichterung betrat er das Zimmer, bis er bemerkte, dass dort kein Wandschirm stand.

Er erklärte ihr seine Lage und berichtete, was der Arzt ihm gesagt hatte.

Signora Pillica fing an zu lachen.

«Gerbino macht mich reich. Zieh mal die Hose und die Unterhose runter!»

Mit feuerrotem Gesicht zog Nino die Kleidungsstücke herunter. Kaum dass Signora Pillica ihn abtastete, wurde er steif.

Er schämte sich so sehr, dass er in Grund und Boden hätte versinken wollen, und er begann sich zu entschuldigen.

«Ihr … Ihr müsst… entschuldigen, dass … ich …»

«Das ist doch die Natur!», sagte Signora Pillica und befühlte ihn weiter.

Dann ließ sie ihn los, holte eine Emailleschüssel und reichte sie ihm.

«Halt sie ein Stück von dir weg! Ich will sehen, mit welcher Heftigkeit du kommst.»

Und ohne einen weiteren Ton zu sagen, nahm sie ihn erneut in die Hand.

Nach seiner Hochzeit war Nino nie mehr mit einer anderen Frau zusammen gewesen als mit Minica. Und weil Signora Pillica ziemlich genau wusste, wie sie es zu machen hatte, war die Sache in weniger als fünf Minuten erledigt.

«Zieh dich wieder an!»

Unterdessen war Signora Pillica ans Fenster getreten, um sich das Material in der Schüssel anzuschauen.

«Der Samen ist ein bisschen schwach. Aber es gibt Abhilfe.»

Sie ging zur Kredenz, nahm ein Gefäß aus blauem Glas heraus und reichte es Nino.

«Hier drin ist eine Pomade. Reib eine Woche lang deine Nüsse damit ein! Aber während dieser Woche darfst du deine Frau nicht anfassen! Danach, wenn die Pomade aufgebraucht ist, darfst du nach Lust und Laune wieder rummachen. Wenn's nicht funktioniert, dann komm in drei Monaten wieder!»

Der Besuch bei ihr und die Pomade kosteten ihn einen halben Lohn.

Doch nach zwei Monaten verkündete Minica ihm eines Tages mit funkelnden Augen das Glück:

«Ninuzzu, mein Lieb, mein Leben, ich bin guter Hoffnung!»

Zwei

Einige Tage nachdem Minica gesagt hatte, sie sei schwanger, rief der Bahnhofsvorsteher von Vigàta frühmorgens im Bahnwärterhäuschen an und teilte Nino mit, dass gegen elf Uhr zwei Offiziere des Staatlichen Zivilschutzes eintreffen würden, die sich etwas in der Gegend ansehen müssten. Nino solle sich zu ihrer Verfügung halten.

«Wie kommen sie denn her?»

«Mit der Lore.»

Statt der zwei kamen vier Militärs an.

Einer war ein Tenente, einer ein Maresciallo, und zwei waren einfache Soldaten. Sie brachten eine ganze Armada von Apparaten mit, die der Landvermessung und Bodenuntersuchung dienten.

Sie waren allesamt vom Festland. Der Tenente, ein spindeldürrer blonder Mann, sagte Nino, er solle die Lore, mit der sie angekommen waren, auf dem toten Gleis abstellen, weil sie sich einen halben Tag dort aufhalten müssten und vor vier bis fünf Stunden nicht abreisen könnten.

«Wollt Ihr, dass ich meiner Frau sage, sie soll zu Mittag oder zu einer anderen Uhrzeit etwas zu essen herrichten?»

«Danke, wir haben selbst etwas zu essen dabei. Aber ...»

«Sprecht nur!»

«Habt Ihr vielleicht etwas Wasser für uns?»

«So viel Ihr wollt! Wir haben einen Brunnen.»

Sie verabschiedeten sich und machten sich über das Gleis in Richtung Montereale auf. Nino sah, dass sie nach ungefähr fünfzig Metern stehen blieben und zu arbeiten begannen.

Nach etwa zwei Stunden kam ein Soldat mit vier Feldflaschen zu ihm.

«Wir haben unser ganzes Wasser aufgetrunken. Die Sonne ist schrecklich unerbittlich. Könntet Ihr die Flaschen vielleicht auffüllen?»

«Darf ich einen Vorschlag machen?», fragte Nino.

«Was denn für einen?»

«Wie wär's, wenn ich zwei Flaschen mit Wasser fülle und die beiden anderen mit gutem Wein?»

Die Augen des Soldaten fingen an zu leuchten.

«Das klingt nach einer hervorragenden Idee!»

Nino hatte eine noch fast volle Weinflasche übrig, denn er selbst trank nur wenig und Minica überhaupt nichts.

«Was macht ihr denn da eigentlich?»

«Wir sammeln Daten für den Bau einer aus mehreren Bunkern bestehenden Anlage entlang der Küste. Fünfzig Meter von hier in Richtung Montereale, genau bündig mit dem Bahnwärterhäuschen, wird einer stehen und ein weiterer symmetrisch rechts, in Richtung Sicudiana. Wir gehen über Fiacca hinaus.»

«Entschuldigung, aber was sind denn diese ‹Bunker›?»

«Das sind kleine, in die Erde eingelassene Forts aus Stahlbeton; von außen ist gerade nur die Kuppel zu sehen, und sie haben einen großen Stahlgitterschlitz, durch den man mit dem Maschinengewehr nach draußen schießen kann.»

«Und wann fangt ihr mit den Arbeiten an?»

«Wenn wir alle notwendigen Messungen durchgeführt haben. Ich denke, in etwa vierzehn Tagen.»

Eines Sonntagabends, als sie gerade ihr Konzert im Friseursalon beendet hatten, zahlte der Barbier Don Amedeo Vassallo die vereinbarten fünf Lire pro Kopf an Totò und Nino aus, verabschiedete sie aber nicht wie sonst, sondern sagte:

«Wartet einen Augenblick!»

Er schloss die Tür ab, damit kein verspäteter Kunde mehr eintreten konnte.

«Gibt's was Besonderes, Don Amedè?», fragte Nino.

«Wenn ihr noch fünf Minuten Geduld habt, kommt jemand, der mit euch reden will.»

«Aber ... Verzeihung, ich will nicht so spät nach Hause kommen!»

«Auf den Mann ist Verlass: Wenn ich sage, fünf Minuten, dann sind's auch fünf Minuten!»

«Und wer ist dieser Mann?»

Don Amedeo tat so, als hätte er nichts gehört. Er zog seinen weißen Kittel aus, verschwand in dem Kabuff hinter dem Friseursalon, kehrte zurück mit einem Besen und machte sich daran, den Boden zu fegen.

Totò und Nino setzten sich in die Drehsessel und warteten. Nach einer Weile wurde leise an die Tür geklopft, und Don Amedeo ging öffnen.

«*Bona sira* euch allen!», grüßte Don Simone Tallarita, nachdem der Barbier ihn hereingelassen hatte.

«Küss die Hand!», sagte Don Amedeo.

«Küss die Hand!», sagten Totò und Nino im Chor und erhoben sich aus ihren Sesseln.

Don Simone Tallarito war schließlich ein hochgeachteter Mann.

«Setzt euch doch, Jungs!», wies Don Simone die beiden Musiker an und setzte sich selbst in den dritten Sessel.

Und dann, an Don Amedeo gewandt:

«Amedè, schneid mir die Haare ein bisschen nach!»

«Sofort, unverzüglich!»

Der Barbier zog wieder seinen weißen Kittel an, griff zu Kamm und Schere und begann, in aller Stille zu arbeiten. Auch Don Simone sagte kein Wort.

Totò und Nino sahen sich verdutzt an. Was wollte Don Simone von ihnen? Ganz sicher hatte er sie nicht extra warten lassen, damit sie zuschauen konnten, wie seine Haare geschnitten wurden!

Endlich, nachdem er auch noch seine Jacke abgebürstet hatte, entschloss sich Don Simone zum Reden.

«Jungs, ich muss euch um einen Gefallen bitten.»

«Zu Ihren Diensten!»

«Morgen Nacht, Punkt zwölf, müsst ihr ein Ständchen für mich singen.»

Totò und Nino zuckten zusammen.

Ein Ständchen? Das konnte doch nur für eine Frau bestimmt sein! Wandelte Don Simone mit seinen über siebzig Jahren etwa immer noch auf Freiersfüßen? Sollte er sich wirklich noch einmal wie ein Jüngling verliebt haben?

Es war allgemein bekannt, dass Don Simone in den Köpfen der Menschen lesen konnte, die er vor sich hatte. Und auch dieses Mal lag er richtig. Er lächelte und sagte:

«Natürlich nicht für mich! Es ist für einen Freund.»

«Gebt uns die Adresse!», sagte Nino.

«Via Madonna del Carmine 18. Ihr könnt euch nicht vertun, es ist ein Haus mit nur einem Stockwerk.»

«In Ordnung, Don Simone. Hat dieser Freund eine Vorliebe für irgendeine besondere Kanzone?», fragte Nino.

«Ja. Wer singt denn von euch beiden?»

«Ich», sagte Totò.

«Du musst nur eine Kanzone singen, und basta.»

«Nur eine?»

«Nur eine.»

«Und welche?»

«Der Bock, der trägt zwei Hörner.»

Totò und Nino verstummten.

Das war kein Liebeslied! Don Simone wollte vielmehr, dass sie einen Schmähgesang auf einen Mann singen sollten, eine Kanzone, die schlimmer war als eine Beleidigung, fast so, als würde man jemandem ins Gesicht spucken. Und sie musste angepasst werden, je nachdem, an wen sie gerichtet war. Eine durchaus gefährliche Angelegenheit, die in einem großen Krach enden konnte, mit Schüssen und Messerstechereien!

«Und an wen richtet sich die Kanzone?», fragte Nino, dessen Mund schlagartig trocken geworden war.

«Er heißt Giugiù Mirabello. Kennt ihr ihn?»

«Nein.»

«Das ist ein Schwätzer, der sich für einen Mann hält.

Sollte er sich zeigen, während ihr singt, und euch drohen, dann furzt einfach los. Ganz sicher wird er das für einen Schuss halten und sich in die Hosen scheißen. Abgemacht?»

«Abgemacht!»

«Wie viel schulde ich euch für die Angelegenheit?»

«Nichts», sagte Totò.

«Es ist uns eine Freude», legte Nino noch einmal nach.

Konnte man denn von jemandem wie Don Tallarita Geld verlangen?

«Auf baldige Vergeltung! Euch allen eine gute Nacht.»

Der Barbier eilte, die Tür zu öffnen, und Don Simone verließ den Friseursalon.

«Kennt Ihr diesen Mirabello?», fragte Totò.

«Sicher. Mit fünfzehn hat er jemanden ermordet. Und jetzt hat er sich Don Simone gegenüber wohl unfreundlich verhalten. Just heute ist er von seiner Hochzeitsreise nach Pompeji zurückgekehrt.»

«Oje! Also gehen wir zu ihm und singen ihm vor, dass er Hörner aufhat, während seine Frau direkt neben ihm im Bett liegt?»

Der Barbier öffnete gottergeben die Arme.

Nino kehrte nach Hause zurück. Im Vorbeifahren sah er, dass die Soldaten vom Zivilschutz auch am Sonntag nicht ruhten. Mitten auf einem Feld standen vier Lastwagen; einer hatte einen Kran geladen, und auf einem anderen stand ein großer Scheinwerfer, der den Graben, in dem etwa zehn Soldaten arbeiteten, taghell erleuchtete.

Nino verbrachte eine schlechte Nacht. Immer wieder

warf er sich auf seinem Lager hin und her und dachte an das, was Don Simone Tallarita ihm und Totò für den folgenden Abend aufgetragen hatte.

«Darf man wissen, was mit dir los ist?», fragte Minica ihn irgendwann.

«Nichts, nichts, ich hab nur zu schnell gegessen, und das Essen liegt mir wie Blei im Magen.»

Er ging hinunter, um einen Schluck Wasser zu trinken, und stellte sich ans Fenster. Die Soldaten hatten nicht aufgehört zu arbeiten, der große Scheinwerfer war noch immer eingeschaltet.

Am folgenden Abend machte er sich um halb elf auf den Weg. Doch schon fünfzig Meter hinter dem Bahnwärterhäuschen musste er die Lore anhalten. Auf den Gleisen lag ein Block aus Stahlbeton, der von dem Kran langsam in die Höhe gehoben wurde.

«Eine Minute noch!», sagte einer der beiden Soldaten, die die Arbeit überwachten.

«Ach, deine Frau liegt schlafend im Bett, und du gehst deine kleine Freundin besuchen?», foppte ihn der andere und lachte.

Inzwischen kannte man sich gut, er und die zehn Soldaten, die beim Bau des Bunkers eingesetzt waren. Und er hatte eine weitere Flasche Wein kaufen müssen.

Er kam zur Verabredung mit Totò, die für halb zwölf vor dem Café Castiglione vereinbart war. Zu dieser Stunde hatte das Café bereits geschlossen.

«Kannst du deinen Text?», fragte Nino seinen Freund.

«Ja.»

«Und wie geht er?»

Totò sang mit zurückgenommener Stimme:

Der Bock, der trägt zwei Hörner,
indes ich nicht versteh:
Auch Giuggiù trägt zwei Hörner,
doch die tun ihm, doch die tun ihm
am Ende gar nicht weh …
Der Ochs trägt auch zwei Hörner,
indes ich nicht versteh:
Wie kommt's, du armer Hahnenrei,
dass du noch mehr, dass du noch mehr
trägst als bloß ein Bocksgeweih …
Denk ich an deinen Hörnersegen,
dann tun sich meine Fragen legen:
Die Hörner, Mirabell', trägst du,
weil's Ringlein du, weil's Ringlein du
auf ewig geben tatst 'ner Kuh!

«Meinst du, das reicht so, oder soll ich noch einen drauflegen?»

«Oh, das reicht und ist mehr als genug, Totò! Der erschießt uns, sobald er mitkriegt, dass das Ständchen für ihn bestimmt ist», sagte Nino, und sie machten sich auf den Weg.

Alle Lichter in dem einstöckigen Haus in der Via della Madonna del Carmine 18 waren aus, wie im Übrigen auch die im Nachbarhaus. Auf der Straße war keine Menschenseele zu sehen.

Totò und Nino beschlossen, sich möglichst weit voneinander entfernt aufzustellen, denn wenn Mirabello das große Schlafzimmerfenster öffnete und mit seiner Kanone zu schießen anfinge, würde er sie auf diese Weise kaum alle beide treffen können.

Sobald die Rathausuhr zwölf geschlagen hatte, legten sie los.

Am Ende der ersten Strophe wurde ein Fenster in dem linken Haus hell, und ein Mann zeigte sich im Fensterrahmen. Das Gleiche geschah im Haus auf der rechten Seite am Ende der zweiten Strophe.

Doch Mirabellos großes Fenster blieb dunkel und verschlossen.

Als Nino zurückkehrte, waren die Soldaten gerade dabei, die massive graue Kuppel des Bunkers aufzusetzen. Bestimmt würden sie in zwei, drei Tagen mit dem Bau des anderen Bunkers irgendwo in der Nähe anfangen.

Er öffnete die Haustür, stieg die Treppe hoch und begann, sich im Dunkeln auszuziehen, um Minica nicht zu wecken.

«Ich schlafe gar nicht», sagte da aber seine Frau.

«Wieso schläfst du denn nicht?»

«Ich hatte Angst.»

«Du hattest Angst?», fragte Nino und schaltete das Licht ein.

Und sofort bemerkte er, dass Minica wirklich Angst hatte. Ihr Kopfkissen war nass geschwitzt.

«Was war denn los?»

«Vor einer halben Stunde ist einer gekommen und hat an die Tür geklopft.»

«Und was wollte er?»

«Das weiß ich nicht. Er wollte, dass ich aufmache. Er hat nicht im Dialekt gesprochen.»

«Dann war's einer von den Soldaten!»

«Bestimmt.»

«Und weiter?»

«Nichts weiter. Als er merkte, dass ich nicht aufmachen würde, ist er fluchend wieder weggegangen. Vielleicht wollte er ja nur ein bisschen Wasser, aber ich hatte Angst, und deshalb hab ich nicht aufgemacht.»

«Hast du gut gemacht!»

Als er am nächsten Tag am Brunnen zwei Krüge mit Wasser füllen wollte, das im Haus gebraucht wurde, stellte er fest, dass der Wasserspiegel ziemlich gesunken war.

Der Brunnen war sechs Meter tief und immer halb voll gewesen. Jetzt hingegen war das Wasser bis auf ein Viertel abgesunken.

Sollte es etwa wegen all der Soldaten weniger geworden sein, die immer ihre Feldflaschen auffüllen kamen?

Andererseits, wie sollte er es ihnen verwehren?

Weil sie mit diesem Wasser auch ihren Garten gossen, sagte Nino zu Minica, sie solle sparen.

«Ja, wie denn?»

«Statt ihn wie bisher morgens und abends zu gießen, gießt du ihn von jetzt an nur noch einmal, entweder morgens oder abends.»

«Ausgerechnet jetzt, wo die Pflanzen am meisten Wasser brauchen?»

«Hab noch zehn Tage Geduld. Dann ist Schluss mit dieser elenden Bunkerei.»

Der Bunker zur linken Hand wurde in der Tat am Dienstagabend fertiggestellt, und am folgenden Morgen fingen die Soldaten mit dem anderen an, dem auf der rechten Seite, auch dieser fünfzig Meter vom Bahnwärterhäuschen entfernt.

Doch Donnerstagabend bemerkte Nino, dass im Brunnen gar kein Wasser mehr war. Oder besser gesagt, es gab noch einen Fingerbreit auf dem Grund, aber man konnte es nicht trinken, es war schlammig.

Am Freitagmorgen kam ein Soldat mit Feldflaschen, die er auffüllen wollte. Nino zeigte ihm den Brunnen.

Der Soldat ging fort, und eine halbe Stunde später kam der spindeldürre blonde Tenente mit einer langen Metallstange herbei, die wie ein Fernrohr gefertigt war, und bat, sich den Brunnen ansehen zu dürfen. Er steckte die Stange bis zum Grund hinein und zog sie wieder heraus. Es befanden sich fünf Zentimeter Wasser in dem Rohr. Wieder steckte er die Stange hinein und ließ sie senkrecht in den Schlamm gebohrt stehen.

«Ich glaube, das waren wir», sagte er schließlich.

«Ist das was Vorübergehendes? Ist einfach zu viel Wasser verbraucht worden?»

«Nein, ich fürchte, durch unsere Arbeit am Bunker hat sich die Wasserader weiter nach unten verlagert.»

«Dann kann man also nichts machen?»

«Das ist nicht gesagt! Für heute entnehme ich kein Wasser mehr – und berührt ja nicht die Stange! Ich komme heute Abend vor Einbruch der Dunkelheit zurück.»

Kurz: Er musste die Lore nehmen, drei große Krüge mitführen und zehn Kilometer für den Hinweg und zehn für den Rückweg zurücklegen, um das nötige Wasser für Minicas und seinen Bedarf zu holen.

Um sieben Uhr abends kam der Tenente zurück; man sah ihm die Erschöpfung an. Bei ihm waren zwei Soldaten mit einem riesigen Bohrer, einer Taurolle und zwei starken Lampen. Er zog die Stange aus dem Schlamm: Es blieb bei den fünf Zentimetern.

«Ich geh jetzt runter.»

Die beiden Soldaten, zwei kräftige Männer, hielten das eine Ende des Taus fest, während der Tenente, der das andere Ende um seinen Bauch geschlungen hatte, in den Brunnenschacht hinabkletterte. Als er auf dem Grund angekommen war, legte Nino die Lampen in einen Eimer und ließ diesen hinunter.

«Zieht das Tau hoch und bindet die Sonde daran fest!»

Nach einer halben Stunde kehrte der Tenente, über und über mit Schlamm bedeckt, wieder nach oben zurück.

«Die Wasserader hat sich um fünf, höchstens sechs Meter weiter nach unten verlagert.»

«Was soll ich tun? Die Eisenbahn verständigen?»

«Nein, das ist nicht nötig. Die lassen doch sicher Monate auf sich warten. Wir dagegen haben alles dabei, was man braucht. Wir haben den Schaden schließlich angerichtet, also müssen wir ihn auch beheben. Morgen früh um sechs komme ich mit vier Männern zurück.»

Sie arbeiteten den ganzen Vormittag. Doch in dem armen Garten richteten sie viel Schaden an; den Aushub, den sie mit einer Seilwinde nach oben brachten, schütteten sie einfach in die Gegend und begruben den Feldsalat, den Spargel, den Römersalat, das Basilikum, die zarten Gemüsespitzen der sizilianischen Zucchini und die Speisekürbisse damit. Nino musste Minica trösten, die ins Haus gegangen war und weinte.

«Sie haben mir meinen ganzen Garten ruiniert, diese Mistkerle!»

«Sei doch kein Dummerchen, ohne Wasser wäre dein Garten auch eingegangen!»

Um vier Uhr nachmittags waren sie fertig. Der Tenente stieß die Stange in den Brunnen hinein und ließ sie dort stecken.

«Morgen komme ich vorbei, um zu gucken.»

Jetzt war der Brunnen fünfzehn Meter tief. Die Soldaten ließen eine große Rolle Tau da, um den Eimer festzubinden.

Am nächsten Tag, einem Sonntag, fand sich der Tenente um sieben Uhr in der Frühe ein und zog die Stange heraus. Das Wasser erreichte eine Höhe von zehn Zentimetern.

«Seht Ihr? Lasst es sich noch ein bisschen setzen! Ihr könnt ja am Mittwoch noch mal nachsehen, ob es klar geworden ist.»

Nino fuhr eine Stunde später nach Vigàta. Mit Totò hatte er sich wie gewohnt vor dem Café Castiglione verabredet, und von dort aus wollten sie zum Friseursalon gehen, der am Ende des Corso lag.

Als er ankam, wartete Totò schon auf ihn. Sein Gesicht war finster.

«Was ist los?»

«Hast du's noch nicht gehört?»

«Was soll ich gehört haben?»

«Giuggiù Mirabello ist umgebracht worden.»

«Oh, Scheiße! Und wer war's?»

«Weiß man nicht. Aber es heißt, er hat sich nach dem Ständchen erkundigt. Und jemand hat's ihm mit einer Smith & Wesson erklärt.»

«Ach du liebe Güte! Weißt du, was das bedeutet?»

«Klar weiß ich das: Die Carabinieri wollen von uns wissen, wie sich die Sache verhält … Wir sitzen in der Tinte, Nino!»

Im Friseursalon saßen drei Kunden in den Sesseln. Kaum hatte er sie bemerkt, sagte Don Amedeo:

«Heute gibt's kein Konzert!»

«Wieso denn nicht?»

«Don Simone Tallarita hat mir angeraten, es nicht zu tun. Aus Wertschätzung für seinen toten Freund Giuggiù Mirabello. Und er hat mir gesagt, ich soll euch trotzdem bezahlen.»

Als sie schon wieder auf der Straße standen, kam Don Amedeo ihnen nachgelaufen, der vor den Kunden nicht offen mit ihnen hatte reden wollen.

«Er hat mir auch gesagt, ich soll euch sagen, dass ihr keine Angst zu haben braucht wegen dem Gesetz. Den Carabinieri haben sie erzählt, das Ständchen hätten zwei gebracht, die eigens aus Palermo angereist wären.»

Drei

So hatte er unerwartet einen freien Sonntag und kehrte zum Bahnwärterhäuschen zurück, wo er sich daranmachte, den Garten von dem ganzen Schlamm zu säubern, den die Soldaten überall hingekippt hatten. Er arbeitete mit Schubkarre und Schaufel, und am Ende kam ihm der Schaden gar nicht so groß vor, wie Minica und auch er selbst gedacht hatten. Er rief sie herbei, um ihr zu zeigen, dass der Salat und die anderen Pflanzen sich bald wieder erholt haben würden, doch Minica sah sie nur an, zuckte mit den Schultern und sagte, dass Soldaten jedenfalls immer nur Schaden anrichteten.

Wenn Minica einmal von etwas überzeugt war, dann gab es nichts, was ihre Ansicht geändert hätte.

Nachdem die beiden letzten Züge am Abend vorbeigefahren waren, sagte Nino seiner Frau, dass im Lichtspieltheater von Vigàta der Film ABUNA MESSIAS* gezeigt würde, den er gerne sehen wolle. Er habe auch eine Verabredung mit Totò. Wie wäre es, wenn sie mitkommen würde? Aber Minica lehnte ab und sagte, sie

* Italienischer Spielfilm von Goffredo Alessandrini, 1939. [Anm. d. Übers.]

habe noch so viele Dinge im Haus zu erledigen. Und außerdem würde sie nicht gerne ins Lichtspieltheater gehen. Alle diese Schatten auf dem großen Leintuch machten ihr Angst.

Also fuhr Nino alleine mit der Lore los und kam rechtzeitig zur letzten Vorstellung an, die um acht Uhr begann und um zehn Uhr zu Ende sein würde.

Um elf Uhr war er wieder zu Hause.

Als er die Lore zurück aufs tote Gleis manövriert hatte, bemerkte er, dass ein schwacher Lichtschein aus dem Schlafzimmer durch die Fensterläden fiel, die nicht richtig schlossen. Das würde er am nächsten Tag reparieren, nahm er sich vor, denn manchmal zogen die vom Flugabwehrschutz über Land und kassierten Strafen von allen, die die Kriegsverdunklung nicht einhielten.

War Minica noch wach, oder war sie eingeschlafen und hatte nur vergessen, das Licht auszumachen?

Er versuchte die Haustür zu öffnen, doch es gelang ihm nicht. Der Riegel bewegte sich zwar, aber der Türflügel war fest verschlossen. Hatte seine liebe Frau etwa die Eisenstange vorgelegt?

Da rief er schließlich hinauf:

«Minica, mach auf, ich bin's!»

Seine Frau musste direkt hinter der Tür gestanden haben, denn er hörte auf der Stelle, wie die Eisenstange weggenommen wurde. Und tatsächlich stand nun Minica im Nachthemd und mit bloßen Füßen vor ihm. Am ganzen Leib zitternd, starrte sie ihn an, um ihn dann, als er eingetreten war, heftig zu umarmen.

«Was ist denn passiert?»

«Sie sind wiedergekommen und haben geklopft.»

«Wie letzten Sonntag?»

«Nein, diesmal waren's zwei. Einer war der, der vorher schon mal hier war, ich hab ihn an der Stimme erkannt, der andere war neu. Doch weil sie nach dem Klopfen versucht haben, die Tür mit der Schulter und mit Fußtritten aufzubrechen, bin ich rasch nach unten gelaufen und hab die Eisenstange vorgelegt. Als sie dann nach einer Weile einsehen mussten, dass sie nicht reinkonnten, sind sie fluchend wieder abgezogen.»

«Haben sie nur geklopft, oder haben sie auch was gesagt?»

«Einer – es war wieder derselbe, der vom vorigen Mal – hat gesagt, er will mit mir schnell eine kleine Nummer schieben, die mir aber trotzdem richtig gefallen würde, und niemand würde je was davon erfahren.»

«Und der andere?»

«Der andere hat gesagt, ich soll die Tür aufmachen, weil sein Freund wegen mir den Kopf verloren hat. Sein Name war Ivan, ich hab gehört, dass der andere ihn so genannt hat.»

«Der hat auch nicht im Dialekt geredet?»

«Ja.»

Sie legten sich zu Bett.

Aber es dauerte lange, bis sie einschliefen. Gelegentlich kamen sie wieder auf die Sache zu sprechen.

«Tatsache ist: Sie wissen, dass ich sonntags immer erst spät nach Hause komme», sagte Nino irgendwann. «Und sie sehen, dass ich noch weg bin, weil die Lore nicht da ist. Das bedeutet, am nächsten Sonntag werde ich nicht im

Frisiersalon auftreten, sondern hierbleiben. Außerdem bringen die ihre Arbeit hier in der Gegend in spätestens acht Tagen zu Ende und ziehen dann weiter.»

«Moment», sagte Minica, «wieso willst du dein Konzert ausfallen lassen? Fünf Lire sind immerhin fünf Lire! Morgen früh sprichst du mit dem Tenente und erzählst ihm die Geschichte. Der Tenente scheint mir ein ehrbarer Mann zu sein.»

«Das ist ein guter Vorschlag.»

Der Krieg, der schon vergessen schien, meldete sich genau am folgenden Morgen um sieben Uhr zurück – und zwar in Gestalt von sechs Tieffliegern, die plötzlich vom Meer kamen und auf Vigàta zuflogen. Die Flak eröffnete zwar das Feuer, traf aber keinen einzigen. Und nachdem die Flugzeuge den Hafen bombardiert hatten, formierten sie sich in Reih und Glied und bombardierten Handbreite um Handbreite die Linie Vigàta–Castellovitrano und töteten zehn Reisende, vier in dem einen, sechs in dem anderen Zug. Und auf die Soldaten, die an dem Bunker arbeiteten, warfen sie eine kleinere Bombe ab, vielleicht die letzte, die sie an Bord hatten.

Nino, der sich zu dem Tenente aufgemacht hatte, um mit ihm zu reden, befand sich auf halbem Weg zwischen den Gleisen, als die Flugzeuge auftauchten. Auf der Stelle ging er in Deckung und warf sich auf die Erde unter einen weit von den Gleisen entfernten Olivenbaum. Kaum war der Beschuss vorbei, stand er auf, noch halb benommen von der Explosion und dem ungeheuren Krach der Flugzeuge, die in niedriger Höhe flogen und noch lauter waren als das *Ratatà* der Maschinengewehrsalven, und lief zum Bahnwärterhäuschen zurück.

Er fand Minica im Garten vor, sie war vor Angst wie gelähmt. Da nahm er sie bei der Hand und zwang sie, so weit, wie es nur ging, aufs offene Land zu laufen.

Eine halbe Stunde später kehrten sie zu ihrem Häuschen zurück. Das Telefon klingelte. Es war der Bahnhofsvorsteher von Montereale, der wissen wollte, ob die Strecke Schäden abbekommen hatte.

Die Kontrolle musste auf der Stelle durchgeführt werden, um einen herannahenden Militärzug passieren zu lassen. Nino nahm sogleich die Lore und fuhr los.

Als er den im Bau befindlichen Bunker erreicht hatte, sagte ein Soldat zu ihm, dass die Bombe den Tenente und zwei Soldaten getötet habe. Um den Tenente tat es ihm wirklich leid.

Eine Stunde später rief er in Montereale an und erklärte dem Bahnhofsvorsteher, dass für den Streckenabschnitt, der in seine, Ninos, Zuständigkeit falle, alles in Ordnung sei. Die Züge könnten fahren.

Am frühen Nachmittag desselben vermaledeiten Tages bekam Minica heftige Schmerzen im Bauch. Vielleicht wegen der Angst und dem Gerenne am Morgen, mutmaßten sie. Nino nahm seine Frau auf den Arm, als wäre sie ein Kind, trug sie die Treppe hinauf und legte sie aufs Bett.

Doch weil der Schmerz andauerte, nahm er schließlich die Lore, trat verzweifelt in die Pedale, eilte nach Vigàta und kehrte mit Ciccina Pirrò, der Wehmutter, zurück.

Nach der Untersuchung sagte diese, es bestehe keine unmittelbare Gefahr, das Kind zu verlieren, wegen der Schmerzen müsse Minica nur ausruhen, doch sie solle so viel wie möglich liegen, und wenn sie aufstünde, dürfe sie weder schwere Arbeiten verrichten noch schwere Dinge tragen.

«Kann ich denn kochen?»

«Das ja.»

Nachdem er die Wehmutter wieder nach Vigàta gebracht hatte und nach Hause zurückgekehrt war, fühlte er sich so erschöpft, dass er sich mehr tot als lebendig aufs Bett neben seine Frau warf.

Und abends hatte er nicht einmal mehr die Kraft aufzustehen, um irgendetwas zu essen vorzubereiten.

Am nächsten Morgen, als er erwachte, ging er in den Garten und sah, dass die Stange im Brunnen sich ganz nach einer Seite geneigt hatte und gegen den Brunnenrand lehnte.

Doch statt zu kontrollieren, warum die Stange sich in dieser Position befand, schaute er in den Hühnerstall und merkte, dass die Hühner vier wunderbar warme Eier gelegt hatten. Da titschte er das eine vorsichtig gegen die Hauswand, erst mit der einen, dann mit der anderen Seite, sodass zwei kleine Löcher entstanden, und schlürfte es aus. Zwei Eier ließ er unten im Zimmer, und das vierte brachte er zu Minica hinauf, die es noch im Halbschlaf ebenfalls ausschlürfte. Ihre Schmerzen waren vergangen, und sie wollte aufstehen, um den Haushalt zu machen, doch Nino überredete sie, weiter liegen zu bleiben.

Er kehrte in den Garten zurück, um nachzusehen, was mit der Stange geschehen war. Bäuchlings legte er sich auf den Brunnenrand und blickte so angestrengt, wie er nur konnte, hinab in die Tiefe. Nach einer Weile begriff er, dass ein Teil der gemauerten Innenwand herausgebrochen und die Steine nach unten gegen die Stange gefallen waren und somit die Neigung verursacht hatten.

Er musste hinunterklettern und die herabgestürzten Steine beseitigen. Glücklicherweise hatten die Soldaten eine Rolle Tau dagelassen. Und im Geräteschuppen gab es außerdem eine große Seilwinde, einen Zwanzigliter-eimer und drei weitere Schubkarren.

Nur hatte er keine richtige Lust, gleich mit der Arbeit zu beginnen, denn das ewige Hin und Her mit der Schubkarre vom Vortag steckte ihm noch in den Knochen.

Als der Zug von Vigàta nach Castellovitrano vorbeifuhr, sah er, dass vorne an der Lokomotive das goldene Rutenbündel mit Beil, das ein paar Jahre zuvor angeschweißt worden war, mit einem schwarzen Tuch zum Zeichen der Trauer für die armen Seelen der beim Bombenangriff verstorbenen Reisenden abgedeckt war. Und das gleiche Zeichen der Trauer befand sich auch auf dem Zug von Castellovitrano nach Vigàta, der etwas später vorbeifuhr. Es war eindeutig, dass die beiden Zugführer sich abgesprochen hatten.

Dann geschah am Nachmittag etwas Merkwürdiges. Der Zug zurück von Vigàta nach Castellovitrano nämlich, der um fünf Uhr hätte vorbeifahren sollen, fuhr weder um fünf Uhr noch um fünf Uhr dreißig vorbei.

Um sechs fing Nino an, sich Sorgen zu machen. Flugzeuggeräusche und Schüsse in der Ferne hatte er nicht gehört, daher war es möglich, dass sich ein Unfall an einem der Bahnübergänge ereignet hatte. Und so rief er den Bahnhofsvorsteher in Vigàta an, um ihn zu verständigen.

«Hört doch, der Zug ...»

«Ich weiß, ich weiß.»

«Weil aber doch in einer halben Stunde der andere vorbeifahren soll, der nach Vigàta, sei der Herr davor, dass das Gleis blockiert ist ...»

«Macht Euch keine Sorgen, der Zug ist von hier gar nicht abgefahren, er steht im Bahnhof, und den anderen hat man in Sicudiana festgehalten. Die Lokführer sind rechtzeitig verständigt worden.»

«Was ist denn passiert?»

«Im Augenblick sind Leute hier, entschuldigt mich bitte!»

Was hatte das zu bedeuten?

Gegen acht Uhr am Abend rief der Bahnhofsvorsteher von Vigàta ihn an.

«Er ist gerade abgefahren.»

«Könnt Ihr mir denn nicht sagen, was passiert ist?»

«Na ja, im Moment hört mich ja keiner ... Also, der Parteisekretär von Vigàta, Cavaliere Pippino Ingargiola, ist zum Bahnhof gekommen, um seine Frau zu begleiten, die nach Fiacca fahren wollte, und da hat er zufällig bemerkt, dass die Lokomotiven Trauer trugen, und zu brüllen angefangen, die schwarzen Tücher müssten sofort weggenommen werden.»

«Warum denn das?»

«Weil das Trauertuch das Rutenbündel verdeckt hat. Und außerdem sei das Ganze seiner Meinung nach absichtlich angezettelt worden. Da hat ihm Don Gaspano, der Zugführer, der viel für seine jetzt toten Fahrgäste übrighatte, geantwortet, der Sekretär solle jetzt einfach mal die Luft anhalten, er würde überhaupt nichts wegnehmen. Und während sie noch diskutiert haben, kam Attilio, der Heizer, und hat gesagt, der Cavaliere Ingargiola könnte sie mal am Ihrwisstschonwo lecken. Um es kurz zu machen: Dann sind die Carabinieri gekommen und haben Don Gaspano und Attilio verhaftet. Deshalb mussten wir warten, bis ein neuer Zugführer aus Montelusa und ein neuer Heizer aus Xirbi hergekommen sind.»

Am nächsten Morgen stand er um sieben Uhr auf und ging sich den Brunnen anschauen. Es hatten sich keine weiteren Steine mehr aus der Mauer gelöst. Aus dem Geräteschuppen holte er in zwei Wegen die Taurolle, den Eimer, die Seilwinde und die drei Schubkarren, die er neben den Brunnen stellte. Um die Winde wie eine Brücke auf beiden Seiten des Brunnenschachts zu befestigen, musste er eine ganze Stunde mit dem Pickhammer herumfuhrwerken, damit sie in den Steinen ausreichend Halt fand.

Die Hammerschläge weckten Minica auf, die in den Garten kam und ein frisches Ei ausschlürfte. Aber es war unmöglich, sie zu bewegen, sich wieder hinzulegen.

Nino band den großen Eimer an eines der beiden Seile der Winde und befestigte das obere Ende des Taus an einem schweren Eisenhaken, der aus der Rückwand des

Bahnwärterhäuschens ragte. Den Rest der Taurolle warf er in den Brunnenschacht. Jetzt war er fertig.

Er erklärte Minica, was er tun musste, zog sich bis auf die Unterhose nackt aus und ließ sich hinab. Dabei hielt er den Aufhängering der ausgeschalteten Taschenlampe mit den Zähnen fest. Die fehlenden Finger waren kein Hindernis für ihn.

Als er den Grund berührte, steckte er bis zu den Knien im Schlamm.

Und auf der Stelle wurden ihm zwei Dinge klar: Zum einen sah er, dass es nur einige wenige Steine waren, die sich aus der Innenwand des Brunnenschachts gelöst hatten, und damit auch nur wenig Erde. Und zum anderen entdeckte er eine Öffnung von ungefähr achtzig Zentimetern Breite, die durch die herausgefallenen Steine zum Vorschein gebracht worden war und die einen halben Meter unterhalb der Grabungslinie der Soldaten begann und einen halben Meter oberhalb des Grundes endete. Mit anderen Worten: Es handelte sich um eine Art Tunnel, der bestimmt zwei Meter tief war.

Die Steine hatten sich gelöst, weil ihnen der Gegendruck gefehlt hatte. Nino machte sich daran, sie so wieder einzusetzen, dass sie die anderen, die die Wand noch hielten, stützen konnten. Doch es waren nicht genug.

Also kletterte er nach oben, schnappte sich eine der drei Schubkarren, belud sie mit ein paar hölzernen Bahnschwellen, die er im Schuppen aufbewahrte, und baute aus ihnen eine Art Sockel, damit die Steine nicht mehr verrutschen konnten.

Über dieser Arbeit verging der ganze Vormittag.

Nachmittags kletterte er nochmals hinab und begann damit, die Erde vom Grund wegzuschaufeln. Er füllte den großen Eimer und zog ihn bis zum Brunnenrand hoch, indem er das andere Seilende der Winde betätigte. Oben nahm Minica den schwebenden Eimer entgegen, zog ihn zu sich herüber und kippte ihn so zur Seite, dass er sich direkt in die Schubkarre entlud. Auf diese Weise musste sie sich überhaupt nicht anstrengen. Sobald die drei Schubkarren voll waren, beugte sie den Kopf in den Brunnen und sagte ihrem Mann Bescheid. Nino kletterte wieder hoch, packte sich die erste Schubkarre und leerte sie in unmittelbarer Nähe der Gleise aus. Das Gleiche machte er mit den beiden anderen und kletterte danach wieder in den Brunnen. Abends um sieben war er mit der Arbeit fertig, und der Brunnen war vollkommen frei von Schlamm.

Am nächsten Morgen kletterte er erneut in den Schacht. Minica schlief noch. Er wollte nachsehen, ob sich das Loch in der Brunnenwand noch vergrößern und damit einen weiteren Erdrutsch auslösen konnte. Er hatte die Batterie in der Taschenlampe ausgetauscht. Das Wasser auf dem Grund war auf eine Höhe von etwa zwanzig Zentimetern angestiegen, aber noch immer sehr trüb. Ein paar Tage lang würde man nicht daran rühren dürfen.

Als er die Taschenlampe auf das Loch richtete, konnte er sehen, dass die Öffnung sich weiter hinten im Erdreich fortsetzte und so hoch war, dass ein Mensch aufrecht darin stehen konnte. Er ging hinein.

Er fand sich in einem in den weißen Mergel gehauenen

Gang wieder, der leicht nach oben anstieg und an die vier Meter lang sein mochte. Als er bis zum Ende hindurchgegangen war, stand er mit einem Mal in einer Grotte von zweieinhalb Metern Höhe und drei Metern Breite. Es war keine natürliche Grotte, sondern eine von Menschenhand geschaffene, vor wer weiß wie vielen Jahrhunderten. Noch immer konnte man die Spuren der Werkzeuge erkennen, mit denen der Mergel bearbeitet worden war, um diesen Raum zu schaffen. Wahrscheinlich hatte er vor Urzeiten einmal dazu gedient, irgendeinen armen Teufel gefangen zu halten. Oder ein Brigant hatte sich hier versteckt. Die Luft in dem Raum war frisch und trocken.

Als er sich gerade umgedreht hatte, um wieder hinauszugehen, sah er plötzlich einen Totenschädel auf dem Boden liegen. Er trat näher, um ihn im Schein der Taschenlampe genauer zu betrachten. Doch da war nicht nur der Totenschädel, sondern auch andere Knochen lagen dort herum. Weiß, wie sie waren, konnte er sie nur schwer auf dem Mergelboden erkennen.

Er ließ sie an Ort und Stelle liegen, lief zurück durch den Gang und kletterte aus dem Schacht.

Vom Brunnenrand aus leuchtete er mit der Taschenlampe noch einmal hinunter. Die Öffnung in der Wand konnte man von oben aus nicht erkennen.

Er beruhigte sich, denn er hatte beschlossen, Minica nichts von seiner Entdeckung zu erzählen. Nachher hätte sie die Grotte unbedingt besichtigen wollen und wäre beim Anblick des Totenschädels in Ohnmacht gefallen! In ein paar Monaten, wenn das Kind auf der Welt wäre, würde er es ihr sagen, nahm er sich vor.

Am folgenden Samstag war der Wasserspiegel im Brunnen auf vierzig Zentimeter angestiegen. Und weil es endlich auch wieder glasklares Wasser und keine trübe Brühe mehr war, wurden beim Trinken nicht nur Mund und Magen erfrischt, sondern ebenso das Herz.

An diesem Samstag kehrten auch die Soldaten zurück, die nach der Bombardierung abgezogen worden waren. Einer von ihnen kam mit den Feldflaschen zum Bahnwärterhäuschen und erklärte, die Bombe habe die Fundamente der Bunker zerstört, sodass sie nun wieder von vorne anfangen müssten. Seiner Meinung nach würden sie dafür zwei Wochen brauchen – natürlich nur, wenn die Engländer sich ruhig verhielten.

Gegen zehn Uhr nahm Nino die Lore und sagte zu Minica, dass er nach Vigàta müsse.

«Was willst du da?»

«Was erledigen.»

Diese Antwort genügte Minica voll und ganz. Er kam eine Stunde später in Vigàta an und ging gleich zur Lottostelle an der Piazza hinter dem Rathaus.

«Ich will eine Dreiergruppe auf das Glücksrad von Palermo spielen.»

«Welche Zahlen?», fragte Signorina Rosa Indelicato, die sich mit ihren sechzig Jahren noch immer als ein «Fräulein» betrachtete.

«Die müsst Ihr aussuchen … Brunnen.»

«Mit Wasser oder ohne?»

«Mit Wasser.»

«Das ist die 31.»

«Grotte.»

«Die von der Weihnachtskrippe?»

«Nein.»

«Einfache Grotte ist die 63.»

«Totenschädel.»

«76.»

«Das war's.»

«Dann schreibe ich 31-63-76?»

«Ja.»

«Wie viel wollt Ihr ausgeben?»

«Drei Lire.»

Signorina Rosa nahm das Geld und gab ihm die Quittung.

«Wann ist die Ziehung?»

«Noch heute, um sechs Uhr abends.»

«Entschuldigt, aber für den Fall, dass ich gewinne, wie viel bekomme ich dann?»

«Dreitausend Lire.»

O du meine Güte! Der Herr steh mir bei!

Bevor er sich auf den Rückweg machte, ging er beim Friseursalon vorbei.

«Ist morgen Konzert, oder herrscht immer noch Trauer?»

«Es ist, es ist!», erwiderte Don Amedeo.

Aber er wirkte irgendwie schlecht gelaunt.

«Ist was, Don Amedè?»

«Wollt Ihr mich bitte einen Augenblick entschuldigen?», sagte der Barbier zu seinem Kunden, dem er gerade die Haare schnitt.

Er nahm Nino beim Arm und führte ihn vor den Friseursalon.

«Dieses gehörnte Rindvieh, dieses Arschloch von Cavaliere Ingargiola war neulich hier, um einen auf Starken Max zu machen. Hat sich doch tatsächlich das Schwarzhemd übergeworfen, dieser Stinkbalg!»

«Und was will er?»

«Er will, dass wir mit unseren Konzerten aufhören. Weil, im faschistischen Krieg muss alles ernst und gefasst sein, und die einzige Musik, die noch gespielt werden darf, sind Militärmärsche.»

«Aber wo ist da das Problem? Dann spielen Totò und ich eben Militärmärsche. Allerdings auf unsere Art.»

«Aber den Kunden könnte das möglicherweise nicht gefallen!»

«Dann spielen wir sie eben so, dass sie ihnen auf jeden Fall gefallen!»

Don Amedeo sah ihn verblüfft an und ging wieder in seinen Friseursalon zurück.

Nino hingegen ging zum Café Castiglione und kaufte vier Ricotta-Cannoli: zwei zum Mittag und zwei zum Abendessen. Bei der Hitze würden sie eh nicht länger halten.

Vier

Bevor er sich auf den Weg nach Vigàta machte, fragte Nino seine Frau, ob sie bis in die Nacht hinein auch wirklich allein bleiben könne. Je besorgter er wirkte, umso heiterer und ausgeglichener war Minica.

«Ich hab dir doch gesagt, du kannst ruhig fahren!»

«Und wenn du wieder Schmerzen bekommst?»

«Dann ruf ich den Bahnhofsvorsteher von Montereale an.»

«Und wenn die gehörnten Ochsen wieder zurückkommen und an die Tür klopfen?»

«Weißt du, was ich tu? Bevor ich heute Abend raufgehe und mich hinlege, schiebe ich die Stange vor. So bin ich sicher.»

«Und wie komm ich dann rein?»

«Du klopfst und rufst mich, dann komm ich runter und mach dir auf.»

«Aber dann muss ich dich doch wecken!»

«Na, so schlimm ist das nun auch wieder nicht!»

Weil er ein bisschen verfrüht zu dem gewohnten Treffen mit Totò vor dem Café Castiglione gekommen war, wollte er die Zeit nutzen, um auf der Piazza hinter dem Rathaus nachzuschauen, welche Zahlen auf dem Glücksrad von Palermo herausgekommen waren. Er war sich mehr als sicher, dass die drei Lire, die er gesetzt hatte, in den Wind geschossen waren, denn das Glück flog einfach nicht in seine Richtung. Geld kommt doch immer zu Geld, und tatsächlich gewannen die Hauptgewinne der Dreier- und der Vierergruppe immer Leute wie Signora Burruano, die zwei Stoffgeschäfte hatte, oder wie Don Japichino, der fünf Häuser besaß.

Sonntags war die Lottostelle zwar geschlossen, doch Signorina Indelicato hängte immer eine Holztabelle mit den tags zuvor ausgespielten Zahlen über die Tür.

Und weil Nino ein scharfes Sehvermögen hatte, konnte er schon vom Vicolo Mammarella aus die Fünfergruppe lesen, ohne dass er erst auf die Piazza kommen musste.

10-31-63-76-85.

Auf der Stelle vernebelte sich sein Blick, als wäre er plötzlich in dichten Dunst eingetaucht. Sein Herz raste, zwei Hämmer begannen an seinen Schläfen zu pochen, ihm war, als würde das Blut in seinen Adern zu siedendem Öl werden.

Er rieb sich die Augen und sah noch einmal hin.

10-31-63-76-85.

Seine Knie wurden weich wie frischer Ricotta, und in seinem Kopf fing es an zu schwirren. Er musste sich auf eine Türstufe setzen. Sein Magen wurde hohl, und am liebsten hätte er sich übergeben. Seine Hände zitterten leicht. Ein Passant kam vorbei, sah ihn prüfend an, ging dann weiter, kehrte nach ein paar Schritten wieder zurück.

«Geht es Euch nicht gut?»

«Doch, doch, danke.»

Allmählich fühlte er sich wieder besser und wollte die angeschlagenen Zahlen noch einmal überprüfen. Ganz langsam hob er den Blick, beinahe so, als würde er Angst haben, die Bestätigung zu bekommen.

10-31-63-76-85.

Kein Zweifel: Er hatte die Dreiergruppe getroffen! Dreitausend Lire! Sechs Monatsgehälter von je fünfhundert Lire! Heilige Jungfrau Maria, wie viele Dinge er mit dreitausend Lire kaufen konnte!

Er schwor, dass er niemandem etwas sagen würde, außer seiner Frau Minica. Er hatte Mühe, aufzustehen und den ersten Schritt zu machen. Sein Mund war so trocken, seine Kehle so belegt, dass er wahrscheinlich nicht einmal in der Lage sein würde, Totòs Gruß zu erwidern. Also betrat er das Café durch die Seitentür, ging nach hinten und trank ein paar Schlucke Wasser vom laufenden Hahn.

«Was hast du?», fragte Totò, sobald er ihn sah.

«Nichts. Wieso?»

«Du bist ganz rot im Gesicht, und deine Augen glänzen, als hättest du Fieber.»

«Ich habe kein Fieber!»

«Sicher?»

«Ganz sicher.»

Aber Totò war nicht überzeugt.

«Hör zu, mach dir keine Sorgen wegen der fünf Lire, die mir flötengehen könnten, aber wenn du dich nicht in der Lage fühlst zu spielen …»

«Ich hab dir doch gesagt und sag es noch einmal: Ich

hab kein Fieber! Übrigens, ich wollte dir in dieser Sache noch was erzählen.»

Und er berichtete ihm von dem Gespräch mit Don Amedeo.

«Verstehst du? Dieses gehörnte Rindvieh von Cavaliere Ingargiola sorgt vielleicht dafür, dass wir nicht mehr spielen können!»

Totò fing an zu lachen.

«Was ist denn daran so lustig?»

«Ingargiola will Militärmärsche?»

«Sag ich's nicht? Ich hab mir überlegt, wir könnten die Märsche adaptieren und ...»

Totò unterbrach ihn.

«Schon geschehen. Ich spiel schon seit einer ganzen Weile nur so zum Spaß *Giovinezza, giovinezza** als Mazurka. Und die Königshymne im Walzerstil und den Marinemarsch als Polka.»

«Im Ernst?»

«Ja, im Ernst.»

«Gut ... Wir können ja mit den dreien anfangen. Und nach und nach nehmen wir dann noch weitere hinzu. Wann können wir mit den Proben beginnen?»

«Meinetwegen schon morgen früh.»

«Dann komm ich morgen um zehn zu dir nach Hause.»

Schließlich musste er ja bei der Lottostelle vorbeigehen und seine dreitausend Lire abholen.

* Die offizielle Hymne der italienischen Faschisten aus dem Jahr 1922. [Anm. d. Übers.]

Beim Vormittagsteil ihres Konzerts machte Nino drei Fehler beim Einsatz, und Totò sah ihn jedes Mal erstaunt an. Dann, als sie in der Pause bei einem Teller Pasta und vier gegrillten Sardinen in der Taverne von Don Grigorio saßen, sagte Totò zu ihm, dass er ihn an diesem Vormittag überhaupt nicht überzeuge. Ob er wohl mal wissen könne, was mit ihm los sei.

Eine Sekunde lang war Nino drauf und dran, ihm sein Geheimnis anzuvertrauen. Aber dann hielt er doch an sich und leugnete, irgendetwas zu haben, das anders wäre als an anderen Tagen.

Als sie fertig gegessen hatten, spielten sie weiter. Und weil der Friseursalon von eins bis vier geschlossen blieb, spielten Nino und Totò von zwei bis drei in der Taverne. Don Grigorio gab ihnen freies Essen, weil sonntags um diese Uhrzeit das Lokal immer gut gefüllt war.

Ihr Auftritt im Friseursalon endete gewöhnlich abends um acht, wenn Don Amedeo keine Kunden mehr einließ. Doch an diesem Sonntag sagte er dem Barbier, dass er höchstens, allerhöchstens bis sechs spielen könne.

«Warum denn das?»

«Ich fühl mich nicht ganz wohl, Don Amedè.»

Da mischte sich Totò ein, der ihr Gespräch mit angehört hatte.

«Schon seit heute Morgen finde ich ihn sonderbar.»

Die Wahrheit war, dass er das Gefühl hatte, er sollte Minica besser nicht allein lassen, wenn die Nacht hereinbrach. Und dann drängte es ihn auch unbändig, ihr von dem Gewinn zu erzählen.

Er kam um Viertel nach sechs zum Bahnhof Cannelle und wollte gerade die Lore nehmen, als der Bahnhofsvorsteher ihn zurückhielt.

«Ein Militärzug ist auf dem Weg nach hier.»

«Jeh, was für ein Affentheater! Und wie lange braucht der?»

«In knapp einer halben Stunde müsste er hier sein.»

Um sieben Uhr konnte er dann endlich fahren. Er trat mit aller Kraft in die Pedale, doch als er Montereale hinter sich gelassen hatte, war ihm klar, dass Minica sich inzwischen hingelegt haben musste. Aber immerhin war er eine Stunde früher zurück als vorgesehen. Da kam ihm ein Gedanke.

Vier Kilometer hinter Montereale wurden neue Schwellen verlegt, und ein weiteres provisorisches Gleis war hinzugefügt worden. Dort ließ er die Lore stehen und ging zu Fuß weiter.

Die Nacht war ekelhaft und kalt, der Wind wehte stark. Dabei war der Vormittag doch so schön gewesen!

Bis zum Bahnwärterhäuschen waren es noch zwei Kilometer, und Nino legte sie mit schnellem Schritt zurück.

Als er vor der Haustür stand, steckte er ganz leicht den Schlüssel ins Schloss, damit Minica ihn nicht hören konnte, und drehte ihn um. Die Tür öffnete sich nicht, die Eisenstange war vorgelegt. Da ging er ums Haus herum in den Garten, nahm eine Erdhacke, lehnte sie an die Mauer und setzte sich auf einen Stein.

Wenn die Soldaten die Absicht hatten, zu kommen und Minica die Ruhe zu rauben, die Lore nicht sahen und daher glaubten, er wäre nicht da, würden sie klopfen und grölen und unanständige Dinge sagen …

Dann würde er unversehens auftauchen und den beiden Hurensöhnen die Hacke über den Kopf ziehen.

Doch die Zeit verging und nichts geschah, außer dass der Wind zugenommen hatte. Hin und wieder hörte er einen Knall, der aus dem Häuschen kam, und er verstand nicht, was das war. Aber ganz sicher waren es nicht die Soldaten.

Nach einer Stunde und halb tot vor Kälte sagte er sich, dass es nur verlorene Zeit wäre, wenn er noch weiter warten würde.

Wieso hatten die Soldaten es in dieser Nacht nicht probiert?

Ob es sich wohl um die beiden gehandelt hatte, die bei dem Bombenangriff umgekommen waren?

Er hatte keine Lust, bei diesem Wetter die Lore zu holen, um die wollte er sich am nächsten Morgen kümmern.

Er klopfte fest an die Tür und rief Minica. Sogleich kam sie herunter und öffnete ihm. In der Zwischenzeit hatte er begriffen, was das Knallen war, das er gehört hatte: Seine Frau hatte einen Fensterladen offen gelassen, der bei jedem heftigeren Windstoß gegen die Wand schlug.

«Jungfrau Maria, was für eine Kälte!», sagte Minica, als sie wieder ins Schlafzimmer hinaufeilte und sich rasch in ihre Decken kuschelte.

Nino schloss den Fensterladen und folgte ihr ins Bett.

Er fing an sich auszuziehen, und Minica beobachtete ihn, denn sie sah ihm gern dabei zu, wie er nach und nach seine Blöße freigab. Sie verschlang ihn mit ihren Blicken, und als er sich die Unterhose über die Hüften streifte, brach sie in Gelächter aus.

«Bist wohl schon gerüstet heute Abend, was? Was führst du Schlimmes im Schilde?»

Nino drehte sich um und kramte aus der Tasche seiner Jacke, die über der Stuhllehne hing, die Quittung der Dreiergruppe hervor. Mit zwei Fingern hielt er sie fest und wedelte seiner Frau damit zu.

«Weißt du, was das ist?»

«Die Quittung von einem Lottozettel.»

«Nein, meine liebe Frau, das hier sind dreitausend Lire!»

Sie verstand nicht gleich.

«Was hast du gesagt?»

«Dass ich einen Dreier gewonnen habe … Dreitausend Lire!»

Minica stieß einen Schrei aus, der selbst den Toten Angst eingejagt hätte. Und immer noch schreiend, stand sie im Bett auf, packte Nino, machte, dass er sich hinlegte, und setzte sich rittlings auf ihn.

Doch hinterher konnten sie keinen Schlaf finden.

Sie verbrachten die ganze Nacht mit Zählen. Wie viel wohl eine Wiege kostete? Und wie viel ein Bettchen? Und zwei Paar Schühchen? Und vier Kleidchen? Und die Windeln? Und die Mützchen? Und die …

«Wo verstecken wir nur das ganze Geld?», fragte Nino irgendwann.

«Genau unter diesem Bett hier gibt es einen lockeren Ziegel. Du nimmst ihn raus, machst das Loch noch ein bisschen tiefer, legst das Geld rein, und dann legst du den Ziegel wieder drauf! Und du hebst ihn raus, wenn wir es für unser Kindchen brauchen.»

Nino bückte sich, um nachzuschauen. Die Stelle kam ihm tatsächlich geeignet vor. Und dann sagten sie ja auch niemandem was. Wer konnte dann auf den Gedanken kommen, dass sich in dem Bahnwärterhäuschen dreitausend Lire befanden?

Die Lottostelle öffnete um neun Uhr. Er stand schon vor der geschlossenen Tür, als es erst zehn vor neun war. Er sah Signorina Indelicato kommen, blickte sie an, während sie aufschloss, und ging fast gleichzeitig mit ihr hinein. Schließlich wollte er nicht, dass andere ihn sahen, wenn Signorina Indelicato ihm das Geld geben würde.

Wortlos reichte er ihr die Quittung. Signorina Rosa nahm sie, setzte sich ihre Brille auf und betrachtete sie lange. Nino schwitzte. Dann telefonierte Signorina Rosa. Sie redete so leise, dass er weder verstehen konnte, mit wem sie sprach, noch, was sie sagte. Nach einer Ewigkeit legte Signorina Rosa den Hörer auf, nahm wieder die Quittung, betrachtete sie erneut, seufzte und gab sie ihm zurück.

«Hebt Ihr sie auf!»

Nino fühlte sein Herz zu Boden sinken.

«Stimmt was nicht?»

«Doch, doch, durchaus!»

«Warum nehmt Ihr sie dann nicht?»

«Ich bewahre hier kein Geld auf. In zehn Minuten bringt jemand es von der Bank her. Kommt in einer Viertelstunde wieder, dann gebt Ihr mir die Quittung, und ich zahle Euch den Gewinn aus.»

Er ging in den Weinausschank und trank ein Glas Marsala. Das brauchte er jetzt. Als er wieder in die Lottostelle kam, war zum Glück noch keiner da.

Signorina Indelicato zählte ihm dreimal das Geld vor. Er steckte sich die Scheine in die verschiedenen Taschen.

Jungfrau Maria, war das viel Geld!

Danach ging er zu Totò und begann mit den Proben der Militärmärsche, die sie auf ihre Weise spielen wollten. Es klappte auf Anhieb.

Und weil er mit Minica groß feiern wollte, kaufte er anschließend vier Cannoli, dazu noch ein paar Plätzchen und vier Flaschen Limonade, die seine Frau so gerne trank.

Als er auf das Bahnwärterhäuschen zufuhr, das vor seinem kam und in dem sein fünfundvierzigjähriger Kollege Raffiele Laferla wohnte, mit dem er sich nicht sonderlich gut verstand, sodass sich ihre Bekanntschaft auf ein *Bongiorno!* und ein *Bonasira!* beschränkte, sah er zwei Carabinieri vor der Tür stehen. Zuerst dachte er, die beiden wären auf Streife und wollten sich vielleicht mit einem Glas Wasser erfrischen, doch als er an dem Häuschen vorbeifuhr, hörte er Laferlas Ehefrau Assunta laut schreien und weinen. Neben dem Bahnübergang standen zwei Fahrzeuge der Carabinieri. Einen Moment überlegte er, anzuhalten und zu fragen, was denn geschehen sei, doch dann sagte er sich, dass ihn die Sache nichts anging, und fuhr weiter. Über Raffiele Laferla war ein Gerücht im

Umlauf: Angeblich war ihm das Bahnwärterhäuschen zugesprochen worden, weil er ein Schwarzhemd war und als solcher zwei Arbeiter der Station von Montereale mit dem Schlagstock zusammengeknüppelt und den stellvertretenden Bahnhofsvorsteher von Vigàta gezwungen hatte, Rizinusöl zu trinken. Doch danach, so besagte das Gerücht, hätte er sich wieder geändert. Er redete nur noch schlecht über die Faschisten und Mussolini, und seit dem Ausbruch des Krieges konnte er sich überhaupt nicht mehr zurückhalten. Überall erzählte er herum, nur eine einzige Hoffnung zu haben, nämlich dass die Engländer dem Mussolini den Arsch aufreißen würden. Offenbar war die Sinnesänderung eingetreten, als er während seiner Zeit als Squadrist von einem Kommunisten am linken Arm eine leichte Schnittwunde verpasst bekommen hatte. Eine völlig unbedeutende Sache, denn die Wunde war nach einer Woche schon wieder verheilt. Doch er hatte einen Antrag auf Invalidenrente gestellt, «als Folge des für die Sache der Faschistischen Revolution vergossenen Blutes». Ein jahrelanges Hin und Her war dem nachgefolgt, und am Ende hatte man ihm die Rente verweigert. Und von da an, so erzählte man sich, war Raffiele Antifaschist geworden.

Nino erzählte Minica von der Sache, nachdem sie die Cannoli gegessen hatten.

«Geh zu ihm!»

«Warum denn das?»

«Weil ihr Kollegen seid! Kann doch sein, dass irgendein Unglück geschehen ist und Assunta Hilfe braucht.»

«Hör zu, von mir aus kann Raffiele ...»

«Das weiß ich, aber wenn sie ein Unglück getroffen hat oder etwas anderes Schlimmes passiert ist ...»

«Na gut, später gehe ich zu ihnen.»

«Nein, jetzt gleich!»

Wenn Minica sich etwas in den Kopf gesetzt hatte ...

Er fand das Bahnwärterhäuschen verschlossen vor. Aber wie sollte das jetzt mit den Schranken geregelt werden?

Zehn Meter vom Bahnübergang entfernt stand das Haus von 'Ntonio Trupia, einem Bauern, der drei Salmen Land besaß, also etwa fünf Morgen. Trupia saß vor seiner Tür auf einem Strohstuhl und rauchte Pfeife. Der Rauch, der aus ihr aufstieg, stank bestialisch.

«*Bongiorno!* Ich bin der Bahnwärter vom ...»

«Ich kenne Euch. *Bongiorno!*»

«Könnt Ihr mir sagen, was passiert ist?»

«Die Carabinieri sind gekommen und haben Raffiele und seine Frau verhaftet.»

«Und warum?»

«Oooch ...»

«Und was ist mit dem Jungen?»

Raffiele hatte nämlich einen kleinen Sohn von acht Jahren.

«Den haben sie auch mitgenommen. Sie haben gesagt, sie bringen ihn zu Assuntas Schwester.»

«Und wer kümmert sich um den Bahnübergang?»

«Sie haben gesagt, ich soll mich darum kümmern. Später würde ein vorläufiger Bahnwärter kommen.»

«Wisst Ihr überhaupt, wie das geht?»

«Das haben sie mir erklärt. Wenn die Klingel vor dem Bahnwärterhäuschen läutet, lass ich die Schranken runter. Wenn der Zug vorbei ist und die Klingel aufhört zu läuten, zieh ich sie wieder hoch. Sie haben mir auch die Uhrzeiten aufgeschrieben.»

«Entschuldigt, könnt Ihr mir wohl eine Frage beantworten? Was stopft Ihr Euch da in die Pfeife?»

«Starken Schnitttabak, vermischt mit getrockneter Kuhscheiße.»

Als er tags darauf, an einem Dienstag, nach Vigàta fuhr, um noch einmal mit Totò zu proben, sprach der ganze Ort über die Verhaftung von Raffiele und seiner Frau. Die Anschuldigungen, die man gegen ihn erhoben hatte, waren offenbar wesentlich gravierender als die Hetzerei gegen den Faschismus; es hieß, er werde des Landesverrates beschuldigt.

Im Café Castiglione erklärte Cavaliere Ingargiola, der im Schwarzhemd erschienen war, das Wie und Warum dieser Sache.

«Versteht ihr, Kameraden? Ein zweifacher Verräter ist er! Er hat nicht nur dem Faschismus abgeschworen, obwohl der ihm ein Haus, täglich Brot und Arbeit gegeben hat, sondern er wollte auch noch dem Vaterland abschwören. Er hat seinen Brüdern, die an der Front kämpfen, den Dolch in den Rücken gestoßen! Er und seine Frau, die gehören beide vors Erschießungskommando gestellt! Und dieses Kommando möchte ich befehligen – im Namen aller Kameraden unseres höchst faschistischen Vigàta!»

«Entschuldige mal, aber worin besteht eigentlich der

Verrat?», fragte Don Agatino Zummo, sein Schwiegervater.

«Er hat Signale gesendet!»

Sämtliche Anwesenden waren verblüfft.

«An wen?»

«An englische U-Boote.»

«Wie denn das?»

«Er hat Feuer gemacht, auf dem Strand, direkt am Ufer.»

«Wer hat ihn eigentlich angezeigt?»

«Ein Wachmann der Militärmarine hat ihn vom Meer aus gesehen. Ein niederträchtiger Spion ist dieser Raffiele Laferla, den Tod durch Erschießen hat er sich verdient!»

«Auch seine Frau hat Signale gesendet?»

«Das kann ich nicht sagen, aber ganz sicher war sie seine Komplizin.»

«Ich habe gehört, dieses Feuer hat nicht dazu gedient, Signale zu senden», sagte plötzlich eine Stimme, die von der Tür des Cafés kam. Alle drehten sich um, denn alle wollten sehen, wer da geredet hatte.

An der Tür stand Don Simone Tallarita. Er sah die Anwesenden an, indem er nur seine Augen umherwandern ließ. Und er lächelte, wie er es immer tat.

Cavaliere Ingargiola wechselte den Ton.

«Ist das so? Das Feuer diente nicht dazu, Signale zu senden? Wollt Ihr mir dann erklären, wozu es sonst diente?»

«Zum Grillen von Sardinen auf einem Mönchsziegel. Wisst Ihr, Cavaliere, wie man das macht? Man nimmt einen dieser Ziegel, die zum Dachdecken verwendet werden – besser ist es allerdings, wenn der Ziegel neu ist – und träufelt ein wenig Öl darauf. Dann legt man aus Steinen einen Kreis und tut Brennholz hinein, damit es ein schönes Feuer ergibt. Wenn das Feuer hoch genug ist, legt man den Mönchsziegel auf die Steine. Der Ziegel braucht nicht lange, um heiß zu werden; danach legt man die Sardinen hinein, eine neben die andere, und im Handumdrehen sind sie fertig. Raffiele und Assunta waren verrückt danach. Probiert es doch selbst einmal, Cavaliere, die schmecken wirklich hervorragend! Euch allen ein *Bongiorno*!»

Fünf

Nach vielem Hin und Her erfuhr man tags darauf, am Mittwoch, dass Raffiele Laferla und seine Frau Assunta wieder freigekommen waren. Don Simone hatte es völlig richtig erkannt: Das Feuer war für die Sardinen gewesen. Am Strand wurde der von Öl noch völlig verschmierte Mönchsziegel gefunden, ebenso der Kreis aus Steinen, in dem Asche lag.

Nur dass aus Gründen, die man nicht erfuhr, Raffiele das Bahnwärterhäuschen genommen und er als einfacher Schienenarbeiter nach Xirbi versetzt wurde.

Als Nino am späten Vormittag zu seinem Häuschen zurückkam, sah er, dass auf dem toten Gleis schon eine andere Lore stand.

Er ging ins Haus. Der Tisch war für drei gedeckt, doch im Esszimmer war niemand. Er verließ das Haus wieder und ging in den Garten.

Minica pflückte Salat, und ein Mann wusch die Blätter im Wassereimer. Da sah ihn seine Frau.

«Das ist der vorläufige neue Bahnwärter», sagte sie.

Der Mann lachte, trocknete sich die Hände an der Hose ab und streckte Nino seine Rechte entgegen, der sie ergriff und drückte.

«Ich heiße Michele Barrafato.»

Er war ein Mann von fünfzig Jahren und eher klein, mit Oberlippenbart, ganz hellen Augen, zerzausten Haaren, von kräftigem Körperbau und dunklem Teint. Er sah aus, als würde er die Kraft eines Stiers besitzen.

Er redete weiter, während er sich wieder den Salatblättern zuwandte.

«Ich wollte mich vorstellen kommen, und weil ich alleine bin, hat mich Eure Frau freundlicherweise eingeladen, bei euch zu essen.»

Nino wusste nicht recht, ob er sich über die Nachricht freuen sollte oder nicht. Inzwischen war er so daran gewöhnt, bei Tisch immer nur Minica vor sich zu haben … Doch ein bisschen Abwechslung würde seiner Frau, die nie eine Menschenseele zu Gesicht bekam, sicher guttun.

Während des Essens erzählte Barrafato, dass er eigentlich am Bahnhof von Fiumefreddo seinen Dienst tat und allerhöchstens zwei Wochen in dem Bahnwärterhäuschen von Raffiele Laferla bleiben würde, wenigstens sei ihm das versprochen worden. Er sei seit drei Jahren verwitwet, habe einen Sohn, der ebenfalls bei der Eisenbahn arbeite, und eine Tochter, die in Messina verheiratet sei, deren Mann aber auf einem Zerstörer seinen Dienst versehe.

Er redete unausgesetzt, und um drei Uhr kehrte er zu seinem Bahnwärterhäuschen zurück.

«Mir kommt er wie ein anständiger Mensch vor», sagte Minica.

«Mir auch. Aber er sollte sein Bahnwärterhäuschen nicht ohne Aufsicht lassen.»

Am Donnerstag konnte sich Totò vormittags nicht freimachen, daher verlegten sie ihre beiden Übungsstunden auf den Nachmittag um vier Uhr. Um sechs traf er auf dem Weg zum Bahnhof Don Simone Tallarita, der ihm zu verstehen gab, dass er ihn sprechen wollte.

«Zu Euren Diensten!»

«Wohin gehst du?»

«Ich fahre nach Hause zurück.»

Don Simone sagte einen Augenblick nichts, fragte dann aber:

«Nimmst du mich ein Stück mit?»

«Sicher. Aber für Nichtangehörige der Eisenbahn ist es verboten, daher müsst Ihr freundlicherweise neben dem Gleis, fünfzig Meter vom Bahnhof entfernt, auf mich warten.»

«Einverstanden», sagte Don Simone, drehte sich auf dem Absatz um und machte sich auf den Weg.

Nino vertrödelte absichtlich etwas Zeit, während er mit dem Bahnhofsvorsteher redete. Auf diese Weise ließ er Don Simone genügend Zeit, die besagte Stelle zu Fuß zu erreichen, dann nahm er die Lore und fuhr los.

Don Simone hatte den Weg schnell zurückgelegt und war noch ganz außer Atem, als er sich neben Nino setzte.

«Wohin soll ich Euch bringen?»

«Zum Bahnwärterhäuschen.»

«Welches?»

«Deins.»

Wozu wollte Don Simone zu ihm nach Hause kommen? Doch bei diesem Mann konnte ein Wort zu viel unangenehme Folgen haben, daher stellte er ihm keine weiteren Fragen.

Sie blieben so lange stumm, bis in der Ferne das Häuschen auftauchte, in dem jetzt der neue Bahnwärter war.

«Dieses Arschloch von Laferla!», rief Don Simone plötzlich.

«Na ja, ein Feuer in der Nacht zu machen, wo so was im Krieg doch verboten ist, das ist sicher nicht sehr klug.»

«Ich meine nicht das Feuer», sagte Don Simone. «Sondern er hat einfach zu viel gegen den Faschismus gewettert. Da hat er die Aufmerksamkeit auf sich gezogen, und die Miliz hat ein Auge auf ihn geworfen. Er hat gewettert und er hat beleidigt, das war sein großer Fehler – bei dem Befehl, den er ausführen sollte.»

«Was sollte er denn ausführen?»

«Das Feuer anmachen. Und was für ein Glück, dass mir die Geschichte mit den Sardinen eingefallen ist! Wäre es nicht so gewesen, hätte es für Laferla bitter ausgehen können.»

Nino verstand überhaupt nichts mehr. Hatte Laferla nun Sardinen gegrillt oder nicht? Und wieso sagte Don Simone, dass die Idee mit den Sardinen von ihm stammte?

Während er sich diese Fragen stellte, bemerkte er, dass der neue Bahnwärter mitten auf dem Gleis stand.

«Das ist der vorläufige neue Bahnwärter. Er heißt Barrafato.»

«Barrafato aus Fiumefreddo?», fragte Don Simone.

«Ja, genau. Kennt Ihr ihn?»

«Nein.»

Er hielt an, und Barrafato trat auf sie zu.

«Ich habe Eure Frau besucht», sagte er zu Nino.

Der fragte sich, ob er ihn Don Simone vorstellen sollte. Aber Barrafato selbst löste die Situation auf, indem er die Hand ausstreckte.

«Barrafato.»

«Tallarita.»

«Ah!», rief Barrafato und versuchte, seine Hand zurückzuziehen, doch Don Simone hielt sie fest.

Eine Minute verging, und die Situation wurde komisch: Don Simone hielt seinen Blick fest auf Barrafato gerichtet, ohne dessen Hand loszulassen, Barrafato rührte sich nicht, und Nino konnte nicht weiterfahren.

Endlich entschloss sich Don Simone, Barrafato loszulassen.

«Gebt auf Eure Gesundheit acht!», sagte er zu ihm.

Und zu Nino:

«Machen wir uns auf!»

Endlich kamen sie beim Bahnwärterhäuschen an. Die Tür war verschlossen, und Nino nahm den Schlüssel, um sie zu öffnen.

«Nein», sagte Don Simone, «ich will deine Frau nicht stören.»

Woher wusste er, dass Nino verheiratet war? Ach ja, weil Barrafato gesagt hatte, er habe Minica besucht.

Don Simone hatte sich nicht gerührt. Er stand mit dem Rücken zum Haus und sah auf den Strand und das Meer.

«Gehst du hier schwimmen?»

«Im Sommer schon.»

«Wie tief ist das Wasser?»

«Zehn Schritt vom Ufer weg hat man keinen Grund mehr unter den Füßen.»

«Ist das Meer im Winter rau?»

«Schon, aber nicht besonders. Hier sind wir links geschützt vom Capo Russello und rechts vom Capo Bianco.»

«Am Capo Russello gibt's einen Wachturm. Gibt's am Capo Bianco auch einen?»

«Nein, am Capo Bianco steht keiner.»

«Wie weit liegt das nächste Haus von hier entfernt?», fragte er weiter, ohne sich umzudrehen.

«Ungefähr dreihundert Meter.»

«Ist es das nach der Provinzialstraße nach Sicudiana?»

«Genau.»

«Gehört das nicht Agustino Scozzari?»

«Genau.»

«Na gut, ich danke dir», sagte er, drehte sich zu ihm um und blickte ihn an.

«Wie kommt Ihr denn jetzt aber zurück nach Vigàta? Wollt Ihr, dass ich Euch mit der Lore hinbringe?»

«Nein, nein. Mach dir keine Sorgen!»

«Aber wie wollt Ihr es dann anstellen?»

«Ich gehe meinen Freund Agustino Scozzari besuchen und lasse mich auf seinem Sulky zurückbringen. Mach's gut, Nino! Du bist ein guter junger Mann. Ich geh hinten herum, durch deinen Garten.»

Wie viele Dinge Don Simone über ihn wusste! Und welchen Zweck hatte dieser Besuch? Was sollten all diese Fragen über das Meer? Wie tief es war, ob es Strömungen gab … Und die Wachtürme … Na, das war seine, Don Simones, Sache!

Minica erzählte ihm sofort, dass sie am Nachmittag der Bahnwärter Barrafato besucht hatte. Er hatte ein Päckchen Süßigkeiten mitgebracht, die er in Montereale gekauft hatte. Sie hatte ihm einen Kaffeeersatz angeboten.

«Wie lange ist er geblieben?»

«Ungefähr eine Dreiviertelstunde.»

Wie konnte er nur weggehen, ohne jemanden im Bahnwärterhäuschen zu lassen? Und der Bahnübergang war ja auch noch da!

Minica bemerkte, wie Ninos Gesicht sich verfinsterte.

«Ärgert es dich, dass Barrafato mich besuchen kommt?»

«Darum geht es nicht, ob ich mich ärgere oder nicht. Tatsache ist nur, dass er den Bahnübergang nicht unbewacht lassen darf!»

«Aber er kennt doch den Zugfahrplan!»

«Und was ist mit den Militärzügen, die kommen und gehen, wann sie wollen?»

Dieser Störenfried von Barrafato kehrte auch am folgenden Tag zurück und brachte Minica eine Schachtel *Baci Perugina*-Pralinen. Als seine Frau ihm diesmal von dem Besuch erzählte, wurde Nino unruhig.

«Kann man vielleicht mal wissen, warum er dich immer dann besuchen kommt, wenn ich nicht da bin? Was will der von dir? Er ist der Bär, und du bist der Honig?»

«Er sagt, ich erinnere ihn an seine Frau, der Arme!»

«Hast du ihm gesagt, dass du ein Kind erwartest?»

«Ja. Und er hat gesagt, dass er schwangere Frauen ganz besonders mag, weil die Mutterschaft etwas Heiliges wäre. Und als er mir erzählt hat, wie seine Frau ihre Kinder erwartet hat, musste er fast weinen.»

Samstagvormittag, als alle Züge vorbeigefahren waren, fuhren Nino und Minica nach Sicudiana, wo das Patronatsfest mit dem großen Markt stattfand. Trotz des Krieges waren viele Menschen dort und zahlreiche Stände, an denen alles Mögliche feilgeboten wurde. Minica kaufte sich ein Kleid und ein Paar Schuhe, Nino ein Hemd. Auch die Geschäfte hatten geöffnet. Unter ihnen war eines, das verkaufte ausschließlich Säuglingssachen. Sie sahen eine Wiege, die wirklich hübsch war, und dann noch ein Bettchen für die Zeit, wenn das Kind etwas größer war.

«Wenn's so weit ist», sagte Minica, «kaufen wir nur das Bettchen. Die Wiege brauchen wir nicht.»

«Wir kaufen beides», sagte Nino. «Einmal, weil wir das Geld haben, und zweitens, weil ich mehr als nur ein Kind haben will.»

Minica wurde ganz rot.

Bei ihrer Rückkehr lag ein Strauß Blumen vor der Haustür.

Der vorläufige Bahnwärter war also gekommen, hatte aber niemanden im Haus angetroffen.

Am Sonntagmorgen, als Nino mit der Lore auf dem Weg nach Vigàta war, hielt Barrafato, der vor seinem Häuschen saß, ihn an.

«Geht Ihr Musik machen?»

Das musste ihm Minica erzählt haben!

«Ja.»

«Leider kann ich sie heute nicht besuchen, ein Freund kommt, der schläft heute Nacht hier.»

Totò und er beschlossen, bei ihrem Konzert ein paar Märsche und ein paar faschistische Lieder zu spielen, die sie während der Woche geübt hatten, einfach um zu sehen, ob das den Geschmack der Leute traf.

Sie ließen die Königshymne allerdings weg, weil man sie pflichtgemäß im Stehen anhören musste, während sie gespielt wurde, und man konnte den Kunden ja nicht zumuten, mit halb eingeseiften Gesichtern aufzustehen. Mittendrin wollten sie ins übliche Repertoire *Le stellette che noi portiamo** einfügen, einen Marsch der Gebirgsjäger in Form eines Walzers, außerdem die Marinehymne als Polka, die Hymne der Balilla, der faschistischen Jugend, mit dem Refrain *L'occhio del Duce brilla*** als Kontertanz und *Giovinezza, giovinezza**** als Mazurka.

Ihr Auftritt bestand aus vier Stunden am Vormittag und vier Stunden am Nachmittag; der Nachmittagsteil war die Wiederholung der vormittags gespielten Stücke.

Die Bearbeitung der Märsche und der faschistischen Lieder gefiel den Kunden sehr, sie spendeten Beifall und lachten.

Als der Friseursalon um vier Uhr wieder öffnete, standen die Menschen Schlange, um die Neuheiten zu hören, die Nino und Totò spielten. Die Nachricht hatte offenbar

* «Die Sternchen, die wir tragen»

** «Die Augen des Führers glänzen»

*** «Jugend, Jugend»

die Runde gemacht. Die ersten drei Kunden setzten sich, Don Amedeo und seine beiden Gehilfen beschäftigten sich mit den Rasuren und Frisuren, und das Konzert begann mit *Fenesta che lucive**.

Sie hatten gerade das zweite Stück im Programm zu Ende gespielt, das *Vitti 'na crozza*** hieß, als Cavaliere Ingargiola den Friseursalon betrat. Er trug die Uniform der Faschisten. In seiner Begleitung waren zwei Carabinieri, die aber vor der Tür stehen blieben. Die Hälfte derer, die in der Schlange standen, beschloss nach kurzer Überlegung, sich eilig davonzumachen.

Cavaliere Ingargiolas Erscheinen, der in seiner schwarzen Kleidung wie eine Krähe aussah, rief eine allgemeine Erstarrung hervor. Don Amedeo stand da mit der Schere in halber Höhe, ein Gehilfe mit einem Kamm in der Hand und der andere, der das Jackett von jemandem abbürstete, der sich die Haare hatte schneiden lassen, hielt mit der Bürste auf der linken Schulter des Kunden inne.

«Weitermachen, weitermachen!», sagte Ingargiola und stellte sich stocksteif neben die Tür des Kabuffs.

Totò und Nino sahen sich an. Sie hätten jetzt eigentlich die Hymne der Balilla als Kontertanz spielen müssen.

Aber sollten sie das wirklich tun, mit dieser Krähe da vor ihnen? Dann sagte sich Nino, dass sich keine bessere Gelegenheit bieten würde, um herauszufinden, wie Ingargiola dazu stand, und gab Totò das Zeichen zum Einsatz.

* «Fenster, das da leuchtet», von Vincenzo Bellini

** «Ich sah einen Totenschädel»

Am Ende klatschte niemand, wie es vormittags der Fall gewesen war, stattdessen drehten sich alle zum Cavaliere um und sahen ihn an. Der zeigte eine düstere Miene, sagte aber kein Wort.

Die Kunden kamen weiter herein. Totò und Nino spielten weiter ihre Musik. Ingargiola stand weiter stocksteif da, die beiden Carabinieri gingen weiter auf und ab. Doch inzwischen war das Konzert zu einer stinklangweiligen Angelegenheit geworden, niemand sagte ein Wort, keiner wagte zu klatschen. Und wie es Gott gefiel, begannen Totò und Nino um fünf vor acht mit dem letzten Stück, und das war *Giovinezza, giovinezza* in Form einer Mazurka.

Kaum hatten sie zu Ende gespielt, sagte der Cavaliere lauthals:

«Alle sitzen bleiben!»

Und alle blieben sitzen oder stehen.

«Carabinieri!», rief Ingargiola.

Sie kamen herein.

«Verhaftet die beiden da!», sagte er und zeigte auf Totò und Nino.

Völlig benommen, ohne auch nur im Geringsten zu begreifen, was da mit ihnen geschah, deponierten die beiden ihre Instrumente vorsichtig in einem Sessel. Augenblicklich legten die Carabinieri ihnen Handschellen an.

«Darf man wissen, was das soll?», fragte Nino, obwohl er zu Tode erschrocken war.

«Ach, das weißt du nicht, du subversiver Drecksack? Verunglimpfung und Beleidigung der faschistischen Revolutionshymne!»

«Aber sie hatten doch gar nicht die Absicht, sie zu beleidigen!», trat Don Amedeo dazwischen.

«Schweigt! Sonst lasse ich auch Euch wegen Komplizenschaft verhaften. Mehr noch: Der Friseursalon wird eine Woche lang geschlossen bleiben. Das ist ein Befehl. Verstanden?»

In der Kaserne der Carabinieri wurden sie vor Maresciallo Pintacuda geführt. Er konnte kaum den Mund aufmachen, als auch schon Cavaliere Ingargiola hereingestürmt kam, den Arm zum Römischen Gruß erhoben. Der Maresciallo, der sitzen blieb, führte lediglich zwei Finger an die Stirn, was wohl so etwas wie einen militärischen Gruß darstellen sollte.

«Warum habt ihr sie verhaftet?», fragte der Maresciallo seine Männer.

«Das sage ich Euch!», mischte sich Ingargiola ein.

«Ich ziehe es vor, dass meine Männer mir das sagen.»

«Er hat uns den Befehl dazu gegeben», erwiderte einer der beiden und zeigte auf den Cavaliere.

«Haben sie die öffentliche Ordnung gestört?», fragte Pintacuda wieder, ohne den Cavaliere anzusehen.

«Nein.»

«Was haben sie dann getan?»

«Sie haben Musik gespielt.»

Jetzt wandte Pintacuda seinen Blick dem Cavaliere zu.

«Verzeihung, Ihr seid heute Nachmittag hergekommen und habt mir gesagt, Ihr würdet befürchten, dass im Salon eines Barbiers ein Chaos ausbrechen könnte, daher habe ich Euch zwei meiner Männer zur Verfügung gestellt. Aber wenn das Chaos nicht ausgebrochen ist, sehe ich nicht, warum …»

«Das erkläre *ich* Euch», sagte Ingargiola. «Sie haben Musik gemacht, das ist richtig, doch haben sie die faschistische Hymne so gespielt, dass sie sie lächerlich gemacht haben!»

«Haben sie beim Spielen gefurzt? Haben sie gelacht? Haben sie Beleidigungen ausgestoßen?»

«Das nicht, aber sie haben *Giovinezza, giovinezza* in eine Mazurka verwandelt.»

«Und die Anwesenden haben protestiert?»

«Das nicht, aber …»

«Hört mir zu, Cavaliere, ehrlich gesagt, sehe ich keinen Grund, sie einzusperren.»

«Aber Ihr werdet sie einsperren! Das befehle ich Euch!»

Der Maresciallo wurde blass im Gesicht und erhob sich.

«Befehle nehme ich ausschließlich von meinen Vorgesetzten entgegen», sagte er ruhig.

Und dann, an seine Männer gewandt:

«Bringt die beiden in ein anderes Zimmer. Ich muss alleine mit dem Cavaliere sprechen.»

Das Gespräch dauerte lange, nahezu eine Stunde. Danach betrat Maresciallo Pintacuda das Zimmer, redete leise mit einem der beiden Carabinieri und ging dann wieder hinaus.

«Mitkommen!»

Nino und Totò, die weiterhin Handschellen trugen und zwischen den Carabinieri gingen, wurden vor die

Kaserne gebracht. Inzwischen befand sich niemand mehr auf der Straße.

Die Carabinieri führten sie zum Polizeikommissariat.

Zwei Polizisten kamen heraus. Die Carabinieri nahmen Totò und Nino die Handschellen ab, die Polizisten legten ihnen ihre eigenen an. Die Carabinieri salutierten, drehten sich um und verschwanden.

Totò und Nino wurden vor den Commissario Belladonna geführt, der in Sachen Faschismus, das war allgemein bekannt, noch schlimmer war als Ingargiola. Und der stand neben dem Stuhl des Commissario.

«Ihr habt wohl geglaubt, ihr würdet davonkommen, was? Ihr subversiven Scheißkerle!», begrüßte sie Belladonna.

Und fuhr fort:

«Die Nacht verbringt ihr hier, in Sicherheitsverwahrung.»

«Und morgen früh werdet ihr ins Gefängnis von San Vito in Montelusa überführt», sagte Ingargiola.

«Fünf Jahre! Drunter kommt ihr nicht frei!»

«Und anschließend Verbannung!»

«Stinkende Bastarde!»

«Dreckskommunisten!»

Totò fing unversehens an zu weinen. Nino, dessen Knie schlotterten, sank nur deshalb nicht zu Boden, weil ein Polizist ihn auffing.

Sechs

Die Sicherheitszelle hatte zwei an der Wand befestigte Holzplatten, die von Ketten gehalten wurden und als Betten dienten. Auch ein verdeckelter Zuber befand sich da für die Notdurft und ein Eimer Wasser zum Waschen.

Gitterstäbe an der Tür, Gitterstäbe sogar noch an dem Fensterchen, das so klein war, dass nicht einmal eine Lerche hindurchgepasst hätte.

Sie legten sich auf die Holzplatten, ohne ein Wort zu sagen.

Totò weinte noch eine ganze Weile, dann glitt er langsam in den Schlaf hinüber. Ringsum herrschte große Stille, die Wärter hatten sich hingelegt.

Nino hätte in Tränen ausbrechen mögen, wie es sein Freund getan hatte, doch obwohl sein Herz zugeschnürt und mutlos war, konnte er einfach nicht weinen.

Er war ihm nicht möglich, sich zu bemitleiden, denn noch größer als sein eigenes Elend war seine Sorge um Minica, die allein im Bahnwärterhäuschen war und auf ihn wartete. Bestimmt stellte sie sich vor, dass ein Unglück geschehen sein müsste, je mehr Zeit verging, und bestimmt wusste sie nicht, welchen Heiligen sie auf der Suche nach ihm um Hilfe anrufen sollte. Sie würde völlig verzweifeln, die Arme! Sie würde den Kopf gegen die

Wand schlagen, ohne jemanden in der Nähe, der ein tröstendes Wort zu ihr sagen könnte!

Die ganze Nacht über vermochte er kein Auge zuzutun; er dachte immer nur an seine Frau und an das Kind, das sie im Bauch trug.

Morgens um sechs wurde die Tür geöffnet, und zwei Wärter kamen herein. Den einen der beiden kannte er! Der war ein Kunde vom Friseursalon und war ihm immer wie ein anständiger Mensch vorgekommen, obwohl er einer von der Polente war. Als der Wärter ihm wieder die Handschellen anlegte, fragte er ihn leise:

«Ich flehe Euch an, könnt Ihr Don Amedeo bitten, meine Frau zu benachrichtigen?»

Der Wärter blickte zu seinem Kollegen hinüber, merkte, dass der nichts mitbekommen hatte, und antwortete daher:

«Ja.»

Endlich fühlte er sich etwas beruhigter!

Sie bestiegen den Gefangenentransporter und wurden nach San Vito gebracht. Dort steckte man sie in zwei verschiedene Zellen. Und so hatte Nino nicht einmal den Trost von Totòs Gesellschaft.

Er legte sich auf das Strohlager, das bequemer war als die Holzplatten, und ohne es zu merken, schlief er ein.

Er wachte auf, weil die Tür mit viel Lärm aufgeschlossen wurde. Ein Wärter trat ein, mit einer Schüssel und einem Becher Wasser. Die Schüssel war voll mit zu weich gekochter Pasta mit Tomatensoße, und die Tomatensoße stank so sauer, dass man in Ohnmacht hätte fallen mögen, wenn man sie nur roch. Kein Gedanke, dass man dieses Zeug essen konnte! Auch wenn das Essen nicht gestunken hätte, wenn es gar für Seine Majestät zubereitet worden wäre, er konnte einfach nichts herunterbekommen.

«Wie spät ist es?»

«Du musst mich mit ‹Herr Wachtmeister› anreden. Wiederhole deine Frage!»

«Wie spät ist es, Herr Wachtmeister?»

«Fast eins.»

Er hatte mindestens vier Stunden geschlafen.

Der Wärter ging hinaus, und er trank den ganzen Becher Wasser aus. Er hatte großen Durst, aber keinen Hunger.

Ohne zu wissen, wie, schlief er wieder ein, und wieder wurde er von der Tür aufgeweckt, die sich öffnete. Es war derselbe Wärter, der ihm das Essen gebracht hatte.

«Mitkommen!»

«Wohin, Herr Wachtmeister?»

Der Wärter antwortete nicht.

Sie gingen einen langen Korridor entlang, stiegen ins Erdgeschoss hinunter, dann öffnete der Wärter eine Tür.

«Geh rein, setz dich und warte!»

Es war eine Zelle ohne Strohlager, doch mit einem Tisch und zwei Stühlen. Dort befand sich auch eine Wanduhr, deren Zeiger auf drei standen. Er setzte sich und wartete.

Nach gut zehn Minuten ging die Tür auf, ein Wärter trat ein, der einen dritten Stuhl vor sich hertrug, ihn abstellte, hinausging und abschloss. Nach weiteren zehn Minuten ging die Tür erneut auf, doch dieses Mal trat

Maresciallo Pintacuda ein und ein Carabiniere mit einer Aktentasche.

Wieder der Maresciallo? Fing alles von vorne an? Würde nach dem Maresciallo auch Commissario Belladonna wiederkommen? Spielten sie sich die Sache gegenseitig zu wie einen Ball? Wollten sie ihn in den Wahnsinn treiben?

«Wie geht es dir?», fragte ihn Pintacuda.

«Wie soll's mir schon gehen, Marescià?»

«Nur Mut! Avvocato Cinna wird euch verteidigen. Ich habe erfahren, dass er schon heute Morgen zum Ermittlungsrichter gefahren ist, um mit ihm zu reden.»

Er war ganz durcheinander. Rechtsanwalt Cinna? Der war doch die Nummer eins in der gesamten Provinz! Nicht einmal die dreitausend Lire, die er unter dem Ziegel hatte, würden reichen, um ihn zu bezahlen. Doch das Wichtigste war, dass er ihn aus dem Gefängnis holte. Und ebenso Totò, natürlich.

Unterdessen hatte der Carabiniere einen Stapel Papiere aus seiner Aktentasche gezogen, wie auch einen Federhalter, Tinte und Tintenfass, und wartete nun darauf, dass er schreiben konnte.

«Sag ihm deinen Vor- und deinen Familiennamen, den Namen deines Vaters, den Namen deiner Mutter und deinen Beruf», sagte Pintacuda.

Nino sagte ihm alles.

«Ich bin nicht wegen der Geschichte hier, wegen der du im Gefängnis sitzt», sagte Pintacuda in einem Tonfall, als wollte er ihn schonend auf etwas vorbereiten.

Ach, nicht? Was konnte es denn sonst noch sein?

«Weshalb dann? Sagt es mir!»

«Wir haben mit dem Bahnwärter von dem Bahnwärterhäuschen neben deinem gesprochen, mit Michele Barrafato.»

«Und warum?»

«Es gab einen schweren Einbruch ins Haus von Agustino Scozzari. Das liegt in der Gegend, in der du wohnst. Man hat die Tür in der Nacht aufgebrochen, während niemand im Haus war.»

«Gut, aber was hat Euch Barrafato erzählt?»

«Dass deine Frau ihm etwas anvertraut hat.»

Er fühlte sich verletzt. Warum hatte Minica sich diesem Mann anvertraut?

«Und?»

«Ich will wissen, ob das, was Barrafato erzählt, der Wahrheit entspricht.»

«Fragt!»

«Stimmt es, dass wenigstens zweimal in den vergangenen Tagen eine oder zwei Personen versucht haben, die Tür des Bahnwärterhäuschens aufzubrechen, während deine Frau nachts alleine im Haus war?»

«Ja, das stimmt.»

«Könntest du mir dazu genauere Angaben machen?»

«Das erste Mal war es einer alleine, der geklopft hat, beim zweiten Mal waren sie zu zweit und haben versucht, die Tür aufzubrechen.»

«Stimmt es, dass sie nicht im Dialekt gesprochen haben?»

«So hat es mir Minica gesagt.»

«Und ihr seid der Überzeugung gewesen, dass es sich

um zwei Soldaten handeln müsste, die am Bunker gearbeitet haben?»

«Ja.»

«Sie sind an zwei aufeinanderfolgenden Sonntagen gekommen?»

«Ja.»

«Und dann nicht mehr?»

«Richtig.»

«Hast du noch etwas hinzuzufügen?»

«Nein.»

Doch plötzlich erinnerte er sich an etwas.

«Der eine hieß Ivan.»

Pintacudo zuckte auf seinem Stuhl zusammen.

«Sicher?»

«So hat es mir meine Frau gesagt.»

Der Carabinieri hatte fertiggeschrieben.

«Unterschreib das!», sagte Pintacuda und stand auf.

Nino unterschrieb und konnte sich dann nicht mehr zurückhalten.

«Marescià, Ihr müsst mich entschuldigen, aber wisst Ihr, ob meine Frau benachrichtigt worden ist?»

«Sei ganz beruhigt! Don Amedeo hat sich darum gekümmert. Mehr noch, sie schickt dir Grüße.»

Er wurde in die Zelle zurückgebracht.

Und jetzt, da er die Gewissheit hatte, dass Minica keine Angst mehr um ihn zu haben brauchte, ließ er endlich die Tränen ungehemmt über sein Gesicht fließen.

Nicht einmal eine Stunde später kam derselbe Wärter wieder.

«Mitkommen!»

Sie gingen denselben Weg wie vorher, und der Wärter öffnete im Erdgeschoss dieselbe Tür.

Doch dieses Mal saßen zwei Männer in Zivil an dem Tisch: ein Fünfzigjähriger mit Oberlippenbart, Brille und kühlem Gesichtsausdruck und einer um die sechzig mit mehreren Papieren vor sich und einem Federhalter in der Hand.

In einer Ecke stand Totò. Heilige Jungfrau, war der in den achtundvierzig Stunden oder wie viele es waren geschrumpft! Der Wärter blieb dort.

Der Fünfzigjährige sagte zu dem Sechzigjährigen:

«Die Instrumente!»

Der Sechzigjährige beugte sich zur Seite und holte die Gitarre und die Mandoline hervor, die ordentlich in ihren Hüllen steckten.

Totò und Nino waren völlig baff.

«Wer von euch spielt die Gitarre?», fragte der Fünfzigjährige.

«Ich», antwortete Totò.

«Nehmt sie und kontrolliert ihren Zustand! Und Ihr», fuhr er fort, indem er sich an Nino wandte, «tut das Gleiche!»

Nino und Totò öffneten die Schonbezüge. Die Instrumente waren in Ordnung.

«Hört mir gut zu!», sagte der Fünfzigjährige. «Es ist uns bekannt, dass ihr im Friseursalon, wo ihr euch im Allgemeinen sonntags einstellt, zwei Stücke gespielt habt, die als Akte einer willentlichen Verunglimpfung des Faschismus empfunden worden sind. Die beiden

Stücke waren die Balilla-Hymne, die im Rhythmus eines Kontertanzes gespielt wurde, und die faschistische Hymne, die als Mazurka interpretiert wurde. Stimmt das?»

«Ja», sagte Nino.

Totò öffnete den Mund und schloss ihn wieder, ohne einen Ton von sich zu geben.

«Ausgezeichnet. Spielt sie jetzt!»

Die beiden verstanden nicht ganz.

«Was sollen wir tun, Entschuldigung, Eccellenza?», fragte Nino.

«Sie spielen!»

«Hier drinnen?»

«Hier drinnen!»

Totò und Nino sahen sich an. Ob sie wollten oder nicht, sie mussten tun, was ihnen der Fünfzigjährige befohlen hatte, der wohl der Ermittlungsrichter sein musste.

Sie bissen die Zähne zusammen und fingen an.

Doch Nino fing mit der Balilla-Hymne an, während Totò mit *Giovinezza, giovinezza* begann.

Sie hörten sofort auf.

«Entschuldigt bitte, aber wir sind völlig durcheinander und ...»

«Verstehe», sagte der Richter. «Lasst euch Zeit!»

Endlich begannen sie und spielten ohne Zwischenfälle bis zum Ende.

«Gebt die Instrumente wieder an den Kanzleivorsteher zurück!»

Und er diktierte:

«Nachdem wir aufmerksam die beiden Hymnen angehört haben, die auf unseren ausdrücklichen Wunsch von den Beschuldigten vorgetragen wurden, sind wir bei den vorgenommenen musikalischen Tempiänderungen auf nichts gestoßen, was als Akt der willentlichen Verunglimpfung des Faschismus angesehen werden könnte. Daher werden die beiden Beschuldigten im Rahmen dieses Ermittlungsverfahrens freigesprochen, ebenso wird ihre unverzügliche Enthaftung verfügt.»

Und dann, an den Wärter gewandt:

«Habt Ihr verstanden?»

«Jawohl!»

«Benachrichtigt den Herrn Direktor, dass er entsprechend verfährt!»

«Mitkommen!», sagte der Wärter zu Totò und Nino.

Sie gingen hinaus, und sie wurden in ihre Zellen geführt.

Eine Viertelstunde verging, und dann erschien ein anderer Wärter bei ihm.

«Mitkommen!»

Sie gingen ins Erdgeschoss hinunter, doch dieses Mal brachte ihn der Wärter in ein Büro, wo man ihm die Mandoline übergab, seine Papiere, die Schlüssel und eineinhalb Lire, die er in der Tasche hatte. Die hatte man ihm abgenommen, als er gekommen war.

Das Gefängnistor schloss sich hinter seinem Rücken.

Und der erste Mensch, den er sah, war Don Amedeo, der Barbier, der neben einer Kutsche stand und auf ihn wartete.

«Steig ein!»

Er bestieg die Kutsche nach Don Amedeo, und sie fuhren los.

«Warten wir nicht auf Totò?»

«Nein.»

«Und warum nicht?»

«Weil wir nicht gleich nach Vigàta fahren.»

«Wohin fahren wir dann?»

«Zum Hospital.»

«Was sollen wir da?»

«Jemanden besuchen», sagte Don Amedeo, ohne ihn anzublicken.

Er begriff sofort, wen sie besuchten, und ihn überlief es eiskalt.

Er öffnete den Mund, um etwas zu sagen, doch er konnte kein Wort hervorbringen. Er schluckte zwei-, dreimal.

Don Amedeo legte eine Hand auf sein Knie.

«Hab Mut, Nino, das Wichtigste ist, dass deine Frau nicht in akuter Lebensgefahr schwebt.»

Heilige Jungfrau, wie kalt ihm war! Wie kalt! Und in seinen Ohren summten Hunderte von Fliegen, die großen Lärm machten, und vor seinen Augen senkten sich Tausende von Fäden herab, die ihm die Sicht vernebelten.

Er machte eine ungeheure Kraftanstrengung, die ihn in Schweiß badete, und konnte endlich fragen:

«Was … ist passiert?»

«Als der Wärter mir sagte, ich solle deine Frau benachrichtigen, habe ich es gerade noch rechtzeitig geschafft, den Bus nach Sicudiana zu nehmen. Ich bin vor dem

Haus von Agustino Scozzari ausgestiegen, hab die dreihundert Meter zu Fuß gemacht, und als ich bei deinem Haus angekommen war, fand ich die Tür offen vor. Ich bin reingegangen und ...»

Er hielt einen Augenblick inne, holte tief Luft und fuhr fort:

«... und dann sah ich deine Frau auf dem Boden unten an der Treppe, sie musste gestürzt sein, sie war blutüberströmt, der ganze Kopf ... Ich dachte schon, sie wäre tot, aber dann lebte sie doch noch. In diesem Augenblick hörte ich, dass ein Zug in Richtung Vigàta herannahte. Da nahm ich deine Frau so, wie sie war, stellte mich zwischen die Gleise, und der Heizer, der mich sah, hielt an. In Montereale bin ich ausgestiegen, hab ein Auto gemietet und sie, so schnell es ging, hierher ins Hospital gefahren.»

In Ninos Kopf begann ein Gedanke herumzuschwirren, ein so widerwärtiger, bösartiger und schmerzhafter Gedanke, dass er Angst hatte, ihn fertig zu denken. Don Amedeo erzählte ihm nicht die ganze Wahrheit.

Er stellte ihm eine Frage:

«Hat sie nichts gesagt?»

«Es gab einen Augenblick, da kam sie wieder zu sich. Aber sie redete wirres Zeug, die Arme. Sie jammerte, sagte: ‹Mein Kind, mein Kind›, dann sagte sie: ‹Zuerst waren zwei Soldaten gekommen, die haben angeklopft› ... Und dann sagte sie nichts mehr.»

Nein, Minica war nicht die Treppe hinuntergestürzt.

«Danke für alles, Don Amedè», sagte er.

«Freundespflicht», antwortete der Barbier.

Man ließ ihn keine fünf Minuten zu ihr; nur ihr Kopf schaute hervor, er war ganz verbunden, die Augen geschlossen, die Lippen geschwollen und aufgeplatzt. Doch was ihm wie eine Sichel ins Fleisch, in die Adern, ins Herz schnitt, war, dass Minicas Körper unter dem Betttuch ganz schmal geworden war, er sah so zart und flach aus wie der eines kleinen Mädchens.

Der gleiche schreckliche Anblick wie der tote Spatz, den er als Vierjähriger eines Tages auf dem Boden hatte liegen sehen.

«Der Professore will mit Euch sprechen», sagte die Krankenschwester zu ihm, nahm ihn beim Arm und zog ihn hinaus.

Und der Professor im weißen Kittel, der hinter seinem Schreibtisch saß, sagte ihm, was er bereits wusste und nun still noch einmal anhörte.

«Bedauerlicherweise ist Eure Frau Opfer eines Verbrechers geworden, der sie, nachdem er sie wiederholt missbraucht hat, umbringen wollte. Zuerst hat er auf sie eingetreten und eingeschlagen, und dann hat er sich eine Stange gepackt und sie ihr auf den Kopf geschlagen. Er hat geglaubt, er hätte sie umgebracht, und ist dann geflüchtet. Sie hat auch ein paar gebrochene Rippen, einen gebrochenen Arm und eine tiefe Wunde am Kopf. Natürlich hat sie das Kind verloren. Wir müssen sie zur Beobachtung hierbehalten, um zu sehen, wie sich ihr Zustand entwickelt. Doch seid beruhigt, sie schwebt nicht in Lebensgefahr.»

«Danke, Professore.»

Er sprach mit zusammengebissenen Zähnen, denn

hätte er den Mund geöffnet, wäre ein so hoher und gewaltiger Schrei aus ihm hervorgebrochen, dass die Fensterscheiben zerborsten wären, ein Schrei wie ein Blitz, der Menschen und Dinge verbrennt.

Natürlich hat sie das Kind verloren.

Während der Kutschfahrt zurück nach Vigàta stellte er Don Amedeo nur eine einzige Frage.

«Habt Ihr gleich begriffen, dass Minica das angetan worden ist, was man ihr angetan hat?»

«Wie hätte ich das nicht begreifen können!? Das Nachthemd war völlig zerrissen … Ich musste sie mit dem Tischtuch bedecken, das auf dem Esszimmertisch lag … Deshalb hab ich sofort Maresciallo Pintacudo benachrichtigen lassen.»

Und der war sehr tüchtig gewesen, denn immerhin hatte er, Nino, an die Geschichte mit dem Einbruch ins Haus von Agustino Scozzaris Haus geglaubt.

Natürlich hat sie das Kind verloren.

Sobald sie in Vigàta eingefahren waren, sagte Nino zu Don Amedeo, dass er zum Bahnhof gehen wollte, um die Lore zu nehmen.

«Du wirst heute Abend nicht nach Hause zurückkehren, du wirst für drei Tage ersetzt.»

«Und wo soll ich in diesen drei Tagen hingehen?»

«Zu Totò. Er erwartet dich bereits. Ich gehe zum Friseursalon, aber die Kutsche bringt dich zu Totò.»

Er war kaum eingetreten, als Totò auf ihn zustürzte und ihn fest umarmte.

«Wir sind frei! Ich kann es noch gar nicht glauben!»

«Totò, weißt du, wer Avvocato Cinna angerufen hat?»

«Keine Ahnung.»

Doch er hatte eine ungefähre Vorstellung.

Auch Signora Ernesta, Totòs Mutter, umarmte ihn und sagte:

«Ich hab dir dein Zimmer schon hergerichtet.»

Es war das Zimmerchen, in dem sie für die verdammten Faschistenhymnen geprobt hatten.

Jetzt hatte Signora Ernesta eine Liege hineingestellt. Auf einem Stuhl stand ein Beutel.

«Den hat jemand vom Bahnhof gebracht.»

Er öffnete ihn. Darin waren eine Hose, eine Jacke, drei Unterhosen, zwei Hemden, drei Paar Socken.

Die Dinge gehörten alle ihm, man hatte sie im Bahnwärterhäuschen zusammengepackt.

«Jetzt machst du dich in aller Ruhe frisch, ziehst dich um, und dann kommst du essen.»

Während er sich mit Totòs Rasierapparat rasierte, zitterten seine Finger, und ein bisschen Blut quoll unter seiner Lippe hervor.

Natürlich hat sie das Kind verloren.

Sieben

Trotz all dieser Umstände schaffte er es, ein bisschen Gemüsesuppe hinunterzuschlucken und einen in Öl und Zitrone gegarten Kabeljau. Danach hatte er Lust auf frische Luft.

«Kommst du auf ein paar Schritte mit zur Mole?»

«Mir ist nicht danach», antwortete Totò. «Ich leg mich gleich hin. Ich gebe dir die Schlüssel, dann kannst du zurückkommen, wann du willst.»

Der Weg zur Mole führte zwangsläufig an der Kaserne der Carabinieri vorbei. Und weil er sah, dass sie offen war, ging er hinein und fragte nach dem Maresciallo.

Pintacuda empfing ihn sofort.

«Entschuldige, dass ich den Einbruch als Vorwand benutzt habe, aber … Und deine Frau?»

«Der Arzt sagt, dass keine Gefahr besteht. *Natürlich hat sie das Kind verloren.*»

Diesen letzten Satz hatte er auf Italienisch gesagt, nicht im Dialekt. Doch Pintacuda hatte das gar nicht bemerkt.

«Das tut mir leid. Doch zum Glück seid ihr ja noch jung und …»

Das Gespräch gefiel Nino nicht. Kinder waren doch keine Eier: Wenn eins zerbricht, legt das Huhn gleich ein anderes.

Der Maresciallo fühlte sein Unbehagen und wechselte das Thema.

«Wir haben den Soldaten mit dem Namen Ivan identifiziert, Ivan Ramboldi. Er hat alles gestanden.»

«Der war es?», rief Nino und spürte, wie sein Blut anfing zu brodeln.

«Nein, beruhige dich, er hat lediglich zugegeben, dass er eines Nachts einen anderen Soldaten, der sein Freund war, zum Haus begleitet hat, Carlo Bresso. Er hat auch zugegeben, dass sie die Tür mit der Schulter aufbrechen wollten. Dann hat er allerdings behauptet, dass er danach nicht mehr zurückgekommen wäre.»

«Habt Ihr mit Bresso geredet?»

«Nein.»

«Warum nicht?»

«Weil er bei dem Bombenangriff ums Leben gekommen ist.»

So etwas in der Art hatte er sich gedacht in jener Nacht, als er nach Hause gekommen war und im Garten gewartet hatte.

«Aber kann es nicht sein, dass dieser Ivan …»

«Er war es nicht, schlag dir das aus dem Kopf, in der bewussten Nacht hat Ramboldi die ganze Nacht bis morgens um sechs gearbeitet, das hat auch der Tenente bestätigt.»

Die Mole lag verlassen da und in so tiefem Dunkel, dass man die Hand nicht vor Augen sehen konnte. Hin und wieder fiel das Licht einer Taschenlampe auf den Weg, wenn die Seeleute sich zu ihren im Hafen vor Anker liegenden Zerstörern begaben, und ging gleich wieder aus.

Er lief vor bis zu der Stelle, an der zwei Steinbänke standen. Er setzte sich, fühlte, wie seine Lungen und sein Herz sich der Meeresluft öffneten.

Plötzlich hörte er das Klacken von Absätzen auf dem Asphalt. Die Schritte kamen näher, hielten auf seiner Höhe inne, und eine Stimme fragte:

«Darf ich mich setzen?»

«Sicher.»

Der Schatten setzte sich neben ihn.

«Ich bin bei Totò vorbeigegangen, wo man mir sagte, du wärst hier. Ich wollte dir sagen, dass mir das mit deiner Frau sehr, sehr leidtut ...»

Natürlich hat sie das Kind verloren.

«Zum Glück schwebt sie nicht in Lebensgefahr.»

«Danke, Don Simone. Und danke auch für Avvocato Cinna.»

«Wer hat dir das gesagt?»

«Keiner.»

«Du bist ein intelligenter und aufgeweckter junger Mann. Das war mir sofort klar.»

Nino wusste nicht, was er sagen sollte. Don Simone zündete sich eine Zigarre an, machte einen langen Zug und fragte dann:

«Und weil du so intelligent bist, hast du die Sache auch begriffen, oder?»

«Welche Sache?»

«Na, die mit deiner Frau, Nino.»

«Habt Ihr sie begriffen?»

«Ja, ich schon.»

Mit dieser Antwort hatte Don Simone sozusagen eine Linie mit weißer Kreide auf dem Boden gezogen. Jetzt lag es an Nino, ob er diese Linie überschreiten wollte oder nicht.

Er musste nur eine Frage stellen, und dann war alles erledigt.

Und Nino wurde klar, dass er, wenn er Manns genug war, die Frage unbedingt stellen musste.

«Erklärt Ihr sie mir?»

«Hat man dir gesagt, dass die Fußsohlen von deiner Frau völlig wund gelaufen waren?»

«Nein. Was bedeutet das?»

«Das bedeutet, dass deine Frau aufgewacht ist und gemerkt hat, dass es tiefe Nacht ist und du noch nicht nach Hause gekommen bist. Sie wartet noch eine, meinetwegen eineinhalb Stunden, dann wird ihre Sorge so groß, dass sie barfüßig, wie sie ist, im Nachthemd rausgeht und die Gleise entlangläuft, zu dem einzigen Menschen, den sie für ihren Freund hält.»

«Barrafato», flüsterte Nino.

«Du sagst es. Barrafato kommt das Ganze völlig unwirklich vor. Weißt du, ich habe diesen Abschaum von einem Menschen durch eine Geschichte kennengelernt, die schon ein paar Jahre zurückliegt: Er hat damals eine junge Frau missbraucht, die verheiratet war und ein Kind erwartete. Er ist offenbar hin und weg, wenn er schwangere Frauen sieht. Doch die von damals hat er nicht geschlagen. Er hat sie gebumst, und fertig. Daraufhin hat sich der Mann dieser jungen Frau an einen

Freund von mir gewandt, der Barrafato so zusammengeschlagen hat, dass er drei Monate im Krankenhaus bleiben musste. Dieser Freund hat mir erzählt, was passiert ist. Doch im Fall deiner Frau verhält sich die Sache ganz anders.»

«Aber wieso hat er nicht gleich zugepackt, als Minica bei ihm aufgetaucht ist?»

«Weil unser Freund schlau ist! Er ließ sie auf die Lore klettern, brachte sie zu eurem Häuschen, überredete sie, sich wieder ins Bett zu legen, und gaukelte ihr vor, er würde dich auf der Stelle suchen gehen. Stattdessen hat er sie geschändet. Als deine Frau dann weglaufen wollte, hat Barrafato sie unten eingeholt, ihr eins mit der Faust versetzt, sie getreten und ihr dann die Eisenstange von der Tür über den Kopf gezogen.»

«Also wollte er sie eindeutig umbringen», schlussfolgerte Nino.

«Er konnte nicht anders. Deine Frau hätte ihn schließlich angezeigt! Doch er hätte sie in jedem Fall umgebracht, auch wenn sie nicht versucht hätte zu fliehen. Sie musste unbedingt in ihrem eigenen Haus tot aufgefunden werden, auf diese Weise hättest du bei der Polizei mit Sicherheit die beiden Soldaten ins Spiel gebracht, und der Verdacht wäre auf sie gefallen. Was willst du jetzt tun?»

«Ich gehe ihn jetzt gleich noch anzeigen.»

«Warte! Denk nach! Barrafato ist der Vergewaltigung schuldig, des versuchten und des vollzogenen Totschlags.»

«Des Totschlags?!»

«Er hat dein Kind getötet, Nino!»

Natürlich hat sie das Kind verloren.

«Na gut, dann wird er eben lebenslang ins Gefängnis geworfen.»

«Nein, Nino, die Sache wird anders laufen.»

«Nämlich?»

«Nach ein paar Jahren wird er wieder rauskommen.»

«Wie soll denn das gehen?»

«Indem er die Wahrheit erzählt.»

«Nämlich?»

«Dass deine Frau diejenige war, die ihn verführt hat, indem sie mitten in der Nacht im Nachthemd bei ihm aufgetaucht ist.»

«Aber Minica ist doch nur zu ihm gegangen, weil sie …»

«Sicher! Das wissen wir – du, ich und Minica. Aber es gibt keine Zeugen. Und er wird die Sache anders erzählen. Er wird sagen, dass deine Frau zu ihm gekommen sei, weil sie Lust auf einen kleinen Fick hatte und die Gelegenheit ausnutzen wollte, dass du nicht da warst. Er aber habe das empört abgelehnt, sie wieder nach Hause zurückgebracht, während sie ihn immer wieder provoziert hätte, bis er, der er ja schließlich auch nur ein Mensch aus Fleisch und Blut wäre, am Ende …»

«Aber wie will er erklären, dass er versucht hat, sie umzubringen?»

«Er kann doch erfinden, was er will! Beispielsweise, dass deine Frau ihn gebeten hätte, es noch einmal zu tun, er habe das aber verweigert, woraufhin sie ihm Schläge verpasst und ihn als Schlappschwanz beschimpft hätte, woraufhin er wiederum den Verstand verloren und …»

«Das reicht! Bitte hört auf …»

«Ja, das reicht. Aber vergiss nicht, mildernde Umstände werden sie ihm auf jeden Fall zuerkennen, und er wird höchstens fünf Jahre sitzen, während alle deine Frau für eine Hure halten werden. Nein, in so einem Fall ist das Gesetz keine große Stütze.»

Er stand auf.

«Wirst du dich selbst um Barrafato kümmern, oder soll ich Vorsorge treffen?»

«Kann ich Euch morgen eine Antwort geben?»

«Willst du heute Nacht noch mal drüber schlafen? Ganz wie du möchtest.»

Er kehrte von der Mole zurück, als die Rathausuhr zwei schlug. Er war auf der Bank sitzen geblieben und hatte die Szene, die Don Simone ihm erzählt hatte, vor seinem inneren Auge vorüberziehen lassen, und es war ihm vorgekommen, als säße er im Lichtspieltheater. Er sah Minica voller Verzweiflung und voller Angst durch die dunkle Nacht rennen, ihre Füße waren aufgeschürft und blutig vom Bahnschotter … Dann sah er sie die Treppe hinunterstürmen, sie schrie, doch niemand hörte ihre Schreie, und Barrafato holte sie ein, packte sie bei den Haaren, riss sie herum und versetzte ihr einen gewaltigen Tritt in den Bauch …

Natürlich hat sie das Kind verloren.

Er ging zu Bett und versank auf der Stelle in einen bleiernen, geradezu animalischen Schlaf.

Doch Punkt elf Uhr am nächsten Vormittag, als die Besuchszeit begann, war er im Hospital.

Er hatte den halben Korridor bereits zurückgelegt, da traf er die Schwester vom Tag zuvor.

«Eure Frau ist nicht da.»

«Und wo ist sie?»

«Der Professore operiert sie gerade.»

O heilige Mutter Gottes! Was war denn passiert?

«Sie hatte eine schlechte Nacht. Wahrscheinlich hat sie einen Bluterguss im Gehirn.»

«Was bedeutet das?»

«Dass sich in der Folge des Schädelbruchs seitlich vom Gehirn eine … Aber das ist nichts Schlimmes, das versichere ich Euch.»

Ein weiterer Schlag! Er hatte keine Kraft mehr für weitere schlechte Nachrichten. Er musste sich an der Wand abstützen. Die Krankenschwester hatte Mitleid mit ihm.

«Hört mir zu, die Operation geht bald zu Ende. Geht ins Wartezimmer! Ich komme dann und informiere Euch.»

Wie viel Leid musste seine arme Frau denn noch ertragen? Welche Sünden hatte sie nur in ihrem erbärmlichen kleinen Leben begangen, dass Gott sie auf diese Weise dafür büßen ließ?

Plötzlich wendete sich sein Schmerz in eine andere Richtung, jetzt galt er nicht mehr dem verlorenen Kind, sondern ihr, seiner Frau, der Frau seines Lebens, für all das Leid, das sie, unschuldig wie ein Lamm, durchstehen musste, für ihr geschundenes, gequältes, gedemütigtes Fleisch.

Nach einer halben Stunde kam die Krankenschwester. Sie lächelte.

«Die Operation war ein voller Erfolg. Wollt Ihr Eure Frau sehen?»

«Nein.»

Die Krankenschwester sah ihn verblüfft an. Aber wenn er Minica gesehen hätte, wäre er vor ihr auf die Knie gesunken, hätte sie in seine Arme genommen und sie so fest gehalten, dass man sie nicht einmal mit dem Schweißbrenner hätte trennen können. Fleisch von seinem Fleisch.

«Danke», sagte er zu der Krankenschwester.

«Der Professore möchte Euch sehen. Ich begleite Euch zu ihm.»

Wie tags zuvor saß der Professor im weißen Kittel hinter seinem Schreibtisch.

«Die Krankenschwester wird Euch gesagt haben, dass alles gut verlaufen ist. Ich glaube, in einer Woche wird Eure Frau so weit sein, dass sie entlassen werden kann. Übrigens, gestern habe ich vergessen, Euch etwas zu sagen, das sicher nicht ganz unbedeutend ist.»

Es musste etwas Ernstes sein, denn bevor er mit der Sprache herausrückte, hüstelte der Professor.

«Der Schaden, den der Verbrecher durch seine fortgesetzten Tritte angerichtet hat, ist verheerend ... Ich muss Euch sagen, dass er sich derselben Stange bedient hat, mit der er ihr auch den Kopf zertrümmert hat, um sie dann einzuführen ... Kurz und gut, Ihr versteht, was ich meine. Und so waren wir dann gezwungen ... Also mit anderen Worten, es schmerzt mich, es Euch sagen zu müssen, aber Eure Frau kann keine Kinder mehr bekommen.»

«Danke, Professore.»

Als er einige Monate später versuchte, sich an das zu erinnern, was er nach seinem Besuch im Hospital gemacht hatte, war er dazu nicht in der Lage. Wie war er von Montelusa nach Vigàta zurückgekommen? Er wusste nicht mehr, ob er den Bus genommen hatte – vielleicht war er ja zu Fuß gegangen? Ein Weg von einer Dreiviertelstunde. War er bei Totò gewesen? Hatte er gegessen? Er wusste es einfach nicht mehr.

Er konnte sich erst wieder an den Moment erinnern, als er sich wie am Abend zuvor auf die Bank am Ende der Mole gesetzt hatte.

«Kann ich mich zu dir setzen?»

«Nehmt Platz!»

Don Simone zündete sich eine Zigarre an.

«Hast du dir was überlegt?»

«Das habe ich.»

«Wozu hast du dich entschlossen?»

«Dass einer Giftschlange der Kopf zertrümmert gehört! ... Könnt Ihr's Euch vorstellen, Don Simone? Die Blumen und die Pralinen, die er Minica gebracht hat! Er hat gesagt, sie würde ihn an seine verstorbene Frau erinnern ... Dieser Schlange will ich den Kopf zertrümmern!»

«Ich hätte meine Nüsse verwettet, dass du so antworten würdest. Gut so!»

Don Simone machte einen langen Zug aus seiner Zigarre.

«Übermorgen wirst du doch deinen Dienst wieder antreten, richtig?»

Wieso nur wusste Don Simone immer schon alles?

«Ja.»

«Dann muss die Sache bis morgen Abend erledigt sein, bevor du nach Hause zurückkehrst. Sag mir eines: Kann man die Besuche im Hospital sowohl vormittags als auch nachmittags machen?»

«Ja.»

«Wann ist die Besuchszeit am Nachmittag zu Ende?»

«Um sieben Uhr abends.»

«Ausgezeichnet! Du gehst deine Frau morgen sowohl am Vormittag als auch am Nachmittag besuchen. Zeig dich vor so vielen Leuten wie möglich. Um sieben Uhr wird vor dem Hospital ein Fiat Balilla warten. Am Steuer wird Stefano Vattiato sitzen. Kennst du ihn?»

«Nein.»

«Er ist dreißig Jahre alt, groß und kräftig, ein Kerl wie ein Bison. Du steigst in den Wagen, und spätestens nach einer halben Stunde seid ihr am Bahnübergang neben Barrafatos Häuschen. Zu der Zeit ist der letzte Zug schon vorbeigefahren. Wir ziehen die Sache schnell durch und kommen dann wieder zurück. Sobald wir in Vigàta einfahren, lasse ich dich alleine. Und du läufst sofort zum Maresciallo.»

«Zu Pintacuda? Was soll ich denn bei dem?»

Nino wunderte sich.

«Du lässt dir von ihm ein Alibi geben, Nino. Du sagst ihm, du wärst gerade von Montelusa gekommen und dir wäre was eingefallen.»

«Und was?»

«Dass Barrafato deiner Frau so viele Geschenke gemacht hat.»

«Aber warum soll ich denn schlafende Hunde wecken?»

«Weil Pintacuda dann niemals auf die Idee kommen wird, dass ausgerechnet du Barrafato aus dem Weg geräumt hast, verstehst du? Und außerdem, wann hättest du es tun sollen? Du bist aus dem Hospital gekommen, bist zu Fuß nach Vigàta gegangen, und kaum warst du da, bist du gleich in die Kaserne geeilt … Nur auf eins musst du achten: Wenn du in Stefanos Wagen steigst, darf dich keiner sehen. Leg dich am besten flach auf den Rücksitz!»

Vormittags sagte man ihm, dass es Minica bessergehe, aber sie ließen ihn nicht zu ihr. Nachmittags hieß es, es gehe ihr zwar wie am Vormittag, aber sie würden ihn trotzdem zu ihr führen. Er weigerte sich.

Da fragte die Krankenschwester ihn:

«Entschuldigt mich, aber wenn Ihr sie nicht sehen wollt, warum kommt Ihr dann her?»

«Ich fühle mich ihr nahe, das genügt schon.»

Beim Hinausgehen sah er gleich das Auto, doch weil Leute in der Nähe waren, ging er zu Fuß, als wollte er die Abkürzung nehmen, die nach Vigàta führte. Er bemerkte, dass der Fiat Balilla ihm folgte. Irgendwann fuhr das Auto neben ihm her, Nino öffnete die Hintertür, warf sich auf die Rückbank und bedeckte das Gesicht mit einem Arm, so als würde er schlafen. Neben ihm lag ein großes Handtuch, das er als Kopfkissen benutzte.

Nachdem sie eine halbe Stunde gefahren waren, drehte Stefanuzzo sich zu ihm um und sagte:

«Wir sind gleich da, du musst anfangen, dich auszuziehen!»

«Ich soll mich ausziehen?»

«Ja, völlig nackt. Auch die Schuhe.»

Das Auto hielt direkt hinter dem Bahnübergang. Die Tür und die Fenster von 'Ntonio Trupia, dem, der Tabak aus Kuhscheiße rauchte, waren verschlossen; vielleicht war Trupia ja irgendwo hingegangen.

Aus einem Seitenfenster schaute Don Simone heraus.

«Ich und Stefanuzzo gehen vor. Du zählst bis fünfhundert, dann steigst du aus und kommst zu dem Häuschen.»

«Nackt?»

«Ja, hab keine Angst, um diese Zeit kommt keiner vorbei!»

Beim Zählen merkte er, dass vor Trupias Haus drei Eimer Wasser standen.

Schließlich hatte er die fünfhundert erreicht. Bevor er ausstieg, blickte er sich noch einmal um. Niemand zu sehen, vorne nicht und hinten nicht.

Er stieg aus, lief die zehn Meter bis zum Bahnwärterhäuschen und ging hinein.

Barrafato, der nackt war wie er selbst, lag bäuchlings auf dem Esstisch. Stefanuzzo hörte gerade auf, ihn in den Arsch zu vögeln. Mit seiner gewaltigen Hand hielt er ihm den Mund zu, damit er nicht schreien konnte.

Aber Nino erkannte, dass Barrafato gar nicht in der Lage gewesen wäre zu schreien, selbst wenn er gewollt hätte, denn er war in einem schlimmen Zustand.

«Hier, nimm!», sagte Don Simone.

Er reichte Nino ein langes schmales Klappmesser, dessen Klinge an ein Rasiermesser erinnerte.

Stefanuzzo zog seinen Schwanz aus Barrafatos Hintern, packte ihn bei den Haaren, drehte ihn herum und bugsierte ihn in eine aufrechte Haltung. Der Mann hatte kein Gesicht mehr, er sah aus, als trüge er eine Karnevalsmaske. Er hatte sich vollgepinkelt, und jetzt schiss er sich voll. Stefanuzzo, der ihn am ausgestreckten Arm auf Abstand hielt, bog seinen Kopf nach hinten.

«Jetzt!», sagte Don Simone, als Barrafatos Hals sich Nino entgegenstreckte.

Ninos Hand bewegte sich gleichsam unabhängig von seinem Gehirn, und mit einem sauberen, sehr präzisen Hieb durchtrennte er das Fleisch, das sich ihm bot.

Ein Blutstrahl, der wie aus einem plötzlich aufgedrehten Wasserhahn zu kommen schien, schoss ihm gegen die Brust. Die warme Flüssigkeit rann über seinen Bauch zu seinen Beinen hinunter.

«Gib Stefanuzzu das Messer!», sagte Don Simone.

Nino reichte es weiter. Stefanuzzo beugte sich über den Toten, schnitt ihm den Sack ab, öffnete gewaltsam seinen Mund und steckte ihm die Hoden hinein.

Da begriff Nino, dass er nicht in der Lage sein würde, auch nur einen Schritt vorwärtszumachen.

«Los, gehen wir!», befahl Don Simone.

Doch Nino blieb wie versteinert stehen, einer Statue gleich. Also verpasste ihm Stefanuzzo eine Ohrfeige, die so gewaltig war, dass Ninos Kopf beinahe abgerissen wäre.

«Geh jetzt!»

Er ging. Vor der Tür von Trupias Haus hörte er Don Simones Stimme, die ihm sagte, er solle stehen bleiben. Er blieb stehen. Stefanuzzo nahm einen der drei Eimer und kippte ihn über ihm aus. Das Blut verschwand nahezu ganz.

Stefanuzzo stellte den zweiten Eimer neben ihm ab.

«Wasch dich jetzt gründlich!», sagte er, während er das Handtuch aus dem Fiat Balilla holen ging.

Nino wusch sich gründlich und trocknete sich ab. Stefanuzzo reinigte sich unterdessen Gesicht und Hände mit dem Wasser aus dem dritten Eimer. Don Simone hatte sich schon ins Auto gesetzt. Dann stellte Stefanuzzo die drei leeren Eimer vor die Tür und setzte sich hinters Steuer.

«Mach schon! Steig ein und zieh dich an!», sagte Don Simone zu ihm.

Nino gehorchte. Wenn Don Simone ihm nicht gesagt hätte, was er tun sollte, wäre er wohl bis zum Morgen nackt da stehen geblieben. Der Balilla fuhr los.

Acht

Am Abend, nach seinem Besuch in der Kaserne, kehrte Nino zu Totò zurück, und weil das Essen noch nicht fertig war, hatte er ein bisschen Zeit, mit seinem Freund zu sprechen. Sie waren beide der Meinung, dass alles, was in Don Amadeos Friseursalon aufgrund des von Cavaliere Ingargiola veranstalteten Affentheaters stattgefunden hatte, das Ende ihrer sonntäglichen Auftritte bedeutete. Ihre Musik war nicht mehr angesagt.

Andererseits hatte der Barbier selbst kein Wort darüber verloren, ob sie möglicherweise wieder auftreten könnten. Gemach, gemach, dann musste man eben Geduld haben, bis der Wind seine Richtung geändert hatte.

Bei Tisch war er nicht in der Lage, auch nur einen Bissen herunterzubringen. Schließlich dankte er Totòs Mutter und legte sich schlafen. Er konnte jedoch kein Auge zutun, immer wieder sah er Barrafatos Schreckensfratze vor sich.

Am nächsten Morgen, als es noch nicht einmal fünf Uhr war, verließ er Totòs Wohnung mit dem Beutel und seinem Zeug darin und seiner Mandoline und machte sich zum Bahnhof auf.

Don Filiberto Pasqua, der Stationsvorsteher, umarmte

ihn, erkundigte sich, wie es Minica gehe, und fragte ihn dann:

«Fühlst du dich danach, wieder an die Arbeit zurückzukehren? Sonst kann ich dir gerne drei weitere freie Tage geben.»

«Danke. Aber ich schaffe das schon.»

«Wann, meinst du wohl, gehst du deine Frau besuchen? Vormittags oder nachmittags?»

«Wohl eher nachmittags.»

«Dann schicke ich dir jeden Tag um drei jemand, der dich bis neun Uhr vertritt. Und du kannst dann nach Montelusa fahren. Einverstanden?»

«Danke!»

Er nahm die Lore und fuhr los. Als er sich Barrafatos Häuschen näherte, sah er von weitem, dass da keine Menschenseele noch sonstiger Aufruhr war. Sicheres Zeichen dafür, dass man die Leiche noch nicht entdeckt hatte. Doch als er in Höhe der Tür vorbeifuhr, fehlte ihm der Mut hineinzuschauen, und er wandte seinen Blick dem Meer zu.

Bei seinem eigenen Bahnwärterhäuschen angekommen, stellte er die Lore aufs tote Gleis, öffnete und trat ein.

Er hatte erwartet, ein Haus vorzufinden, das völlig auf den Kopf gestellt war, mit Blutflecken überall auf dem Boden. Doch stattdessen war alles in guter Ordnung, sauber und blitzeblank. Dafür hatte die Eisenbahnverwaltung gesorgt. Auch im Schlafzimmer war alles an seinem Platz, und das Bett war gemacht, die Laken frisch. Es war, als hätte sich nie etwas an diesem Ort ereignet.

Der Mann, der ihn am Nachmittag vertreten sollte,

traf ein wenig verspätet ein. Es war Ciccio Jacolino, er kannte ihn gut.

«Du musst mich entschuldigen, Nino, aber ich kann nichts dafür: In dem anderen Bahnwärterhäuschen, dem vor deinem, ist der Teufel los.»

«Was ist denn passiert?»

«Der Bahnwärter ist umgebracht worden.»

«Wirklich?! Aber wann denn?»

«Wohl gestern Abend.»

«Und wie hat man das bemerkt?»

«Durch einen Autofahrer, der, als er zum Bahnübergang kam, Wasser für seinen Motor brauchte. Da ging er zum Bahnwärterhäuschen und fand den Toten.»

«Und wie hat man ihn umgebracht?»

«Abgestochen, mit dem Messer ... Ach ja, Maresciallo Pintacuda, der die Ermittlungen vor Ort leitet, hat mich gebeten, dir zu sagen, dass du, wenn du mit der Lore dort vorbeikommst, einen Moment anhalten sollst, er will mit dir reden.»

Nino nahm die Lore und fuhr los. Vor der Tür des Bahnwärterhäuschens standen vier Carabinieri, drei Männer in Zivil und zwei Leichenbestatter. Also hatten sie den Toten noch nicht fortgeschafft, sondern er musste noch drinnen sein. Ihm war nicht danach, ihn zu sehen.

Er rief einen der Carabinieri und bat ihn, Pintacuda Bescheid zu sagen, dass er da sei.

Der Maresciallo kam sofort heraus und trat auf ihn zu.

«Hast du's schon erfahren?»

«Ja.»

«Bist du auf dem Weg zum Hospital?»

«Ja.»
«Ich brauche eine Aussage von dir.»
«Was soll ich denn sagen?»
«Du musst mir wiederholen, was du gestern Abend gesagt hast. Machen wir's doch so: Um sieben lasse ich dich mit einem unserer Wagen abholen. Um wie viel Uhr musst du wieder bei dir zu Hause sein?»
«Um neun.»
«Bis neun schaffst du das locker.»
«Ganz sicher? Sonst gebe ich Jacolino Bescheid, der …»
«Du brauchst niemandem Bescheid zu geben.»
Ihm kam es so vor, als wäre der Maresciallo aufrichtig und würde ihm keine Falle stellen.

«Eurer Frau geht es sehr viel besser. Aber sie kann sich immer noch nicht erinnern und auch nicht reden», sagte die Krankenschwester. «Ich werde Euch trotzdem nur fünf Minuten mit ihr alleine lassen. Ich will nicht, dass sie sich aufregt, wenn sie Euch wiedererkennt.»
Von Minica sah man lediglich den verbundenen Kopf. Aber ihr Anblick war schlimmer als zuvor: Die Lippen schwollen zwar ab, doch unter den Augen hatte sie zwei dunkle Halbmonde. Die Lider waren geschlossen. Nino hörte sie nicht atmen und bekam es mit der Angst zu tun. Er beugte den Kopf zu ihr hinunter, sodass er mit dem Ohr dicht an ihr Gesicht kam. Endlich hörte er ihren Atem, der aber war so schwach, dass das Summen einer Fliege wohl lauter gewesen wäre.
Er setzte sich auf den Stuhl am Fußende. Nach nicht einmal einer Minute öffnete Minica die Augen, sah ihn

ausdruckslos an und schloss sie gleich wieder. Sie hatte ihn nicht erkannt.

Doch gleich darauf öffnete sie sie erneut und starrte ihn an. Er sah, wie sich zwischen ihren Augenbrauen eine tiefe Falte eingrub. Die Arme, sie machte alle Anstrengungen, diesem Gesicht, das sie zu kennen schien, einen Namen zu geben! Er musste lächeln.

Da erinnerte sie sich plötzlich und erkannte ihn. Und Nino verstand es, nicht weil Minica gesprochen oder sich bewegt hätte, sondern weil ihre Augen, die zuerst aufmerksam waren und fragend geblickt hatten, unvermittelt zu zwei bodenlos tiefen Seen eines stillen, verzweifelten, stechenden Schmerzes wurden.

Und aus diesen Seen quollen zwei Tropfen über und benetzten Minicas Gesicht.

Als er das Hospital verließ, stand das Auto der Carabinieri bereit, das ihn in zehn Minuten nach Vigàta brachte. Maresciallo Pintacuda ließ ihn das Protokoll des Vortags unterschreiben und sagte dann etwas, was ihn völlig verblüffte.

«Ich bin fast sicher, dass das Motiv für Barrafatos Ermordung irgendwie mit einem Vorkommnis in Fiumefreddo in Verbindung stehen muss.»

«Warum meint Ihr das?»

«Wegen dem, was 'Ntonio Trupia erzählt hat. Das ist der Bauer, dessen Haus fast direkt neben dem Bahnwärterhäuschen steht. Kennst du ihn?»

«Vom Sehen. Was hat er Euch erzählt?»

«Dass er gestern Abend gegen halb acht, als er die Tür

abschloss, um nach Montereale zu seiner Tochter zu fahren, einen Lancia mit einem Nummernschild aus Palermo hätte ankommen sehen. Leider erinnert er sich nicht an die Zahlen. Zwei Männer wären ausgestiegen, einer sehr groß, hager und blond, der andere klein und vierschrötig, die auf das Bahnwärterhäuschen zugegangen wären.»

Auch wenn Don Simone nicht Gott war, so fehlte dazu nur wenig. Er hatte alles so arrangiert, dass er, Nino, überhaupt nichts mit der Sache zu tun hatte. Also konnte er mit dem Versuch beginnen zu vergessen.

Eines Nachmittags sagten sie ihm endlich, dass es nur noch zwei Tage bis zu Minicas Entlassung aus dem Hospital wären.

Daraufhin kroch er vor seiner Abfahrt nach Vigàta unters Bett, hob den Ziegel hoch, nahm ein bisschen Geld aus dem Loch und steckte es in seine Tasche.

Nun war es ja sinnlos, es für ein Kind aufzusparen, das nie mehr kommen würde.

Minica bat ihn, ihr, wenn sie am nächsten Tag das Hospital verlassen würde, ein Kleid, Schuhe und ein Kopftuch mitzubringen, denn es war ihr peinlich, sich mit abrasierten Haaren blicken zu lassen. Man hatte ihr für die Operation den Kopf völlig kahl scheren müssen.

Zu Hause hatte Minica drei Kleider und zwei Paar Schuhe.

«Welches soll ich dir denn mitbringen?»

«Ich erinnere mich nicht mehr, welche Sachen ich habe. Nimm einfach, was dir unter die Hände kommt.»

Ich erinnere mich nicht mehr – seit sie wieder angefangen hatte zu sprechen, war das der Satz, den sie am häufigsten sagte.

Am Abend desselben Tages, als er nach Vigàta zurückkehrte, ging er in ein Geschäft, in dem Radios verkauft wurden, und kaufte eins von der Firma Marelli, um es im unteren Zimmer auf die Kredenz zu stellen.

Man erklärte ihm, wie er die Antenne einrichten müsse, die aus einem langen Kabel bestand, er zahlte es, lud es sich auf und brachte es zum Bahnhof. Er gab Don Filiberto Bescheid, dass er am folgenden Morgen zum Hospital müsse, weil Minica entlassen würde.

«Um wie viel Uhr wird sie entlassen?»

«Mir hat man gesagt, um eins.»

«Ich schicke Jacolino um zehn zu dir, einverstanden?»

Das Radio funktionierte hervorragend; er verbrachte den ganzen Abend damit, sich ausschließlich irgendwelche Kanzonetten und andere Musik anzuhören. Sobald jemand in dem Sender anfing zu reden, drehte er den Knopf und suchte nach neuer Musik. Ganz sicher würde Minica sich freuen, das Radio würde ihr gute Gesellschaft leisten.

Am nächsten Morgen packte er eine Tasche mit den Sachen seiner Frau und wartete auf Jacolino, der um halb elf eintraf. Kurz, er kam zum Hospital, als die Mittagszeit schon fast vorüber war. Minica stand auf, wusch sich und zog sich an. Um ein Uhr verließen sie das Hospital, bestiegen den Bus und waren um halb zwei am Bahnhof.

Er wollte die Lore holen, wurde aber von Don Filiberto aufgehalten.

«Wo gehst du hin?»

«Zur Lore.»

«Aber nein, aber nein, was redest du denn da?! Ich habe dem Zug um drei nach Castellovitrano die Erlaubnis gegeben, am Bahnwärterhäuschen zu halten. Für deine Frau wäre die Fahrt in der Lore doch eine Strapaze! Und bis dahin kommt ihr zu uns und esst mit uns!»

Er brachte sie in seine Wohnung, die sich im ersten Stockwerk des Bahnhofgebäudes befand; seine Frau Concetta hatte Pasta mit Tomatensoße und gebratenen Fisch zubereitet.

Es war das erste Mal, dass Nino nach Tagen und Tagen wieder mit Appetit aß.

Die Lore wurde an den letzten Waggon angehängt, Don Filiberto ließ Nino und Minica in die Erste Klasse einsteigen, wo sie sich in ein leeres Abteil setzen konnten. Weniger als eine Minute nach ihrer Abfahrt kam der Schaffner herein. Er wollte Nino und Minica begrüßen. Es war Don Gasparo, der die Trauerzeichen für die verstorbenen Reisenden an der Lokomotive angebracht und den Ingargiola hatte verhaften lassen.

«Da hat Ingargiola ganz schönen Schaden angerichtet, was?»

«Der ist ein ganz großes Arschloch!», sagte Nino.

«Nein, der ist nur ein kleines Arschloch. Ein sehr kleines. Das große Arschloch sitzt in Rom und erteilt Befehle», sagte Don Gasparo.

Dann kam Signora Filippa Ciulla herein, nahm Minica in die Arme und ließ einen lebenden, an den Füßen zusammengebundenen Hahn in ihren Schoß plumpsen. In

Zeiten wie diesen, wo es seit langem kaum mehr etwas zu essen gab, war so ein Hahn ein Vermögen wert.

«Im Namen aller Reisenden», sagte sie und ging wieder hinaus.

Das Erste, was Minica beim Eintreten bemerkte, war das Radio auf der Kredenz. Sie betrachtete es überrascht.

«Gab es dieses Radio denn schon vorher, oder hast du es jetzt erst gekauft?»

«Ich hab's jetzt erst gekauft, damit du dir die Zeit mit Musikhören vertreiben kannst.»

Minica legte sich gleich hin, die Reise hatte sie ermüdet. Nino legte sich neben sie. Minica packte seine Hand und drückte sie fest.

Nino fühlte, dass sein Herz schneller ging, vielleicht hatte Minica sich daran erinnert, was sich in jener fatalen Nacht ereignet hatte, und wollte mit ihm reden. Aber dann spürte Nino, dass die Hand, die seine drückte, nach und nach an Kraft verlor. Seine Frau schlief allmählich ein.

Später ging er in den Garten, den er vor lauter Sorgen arg vernachlässigt hatte. Doch die Hühner waren alle noch da; man sah, dass Ninos Stellvertreter sich um sie gekümmert und dafür die Eier gegessen hatte. Zwei ganz frische waren jedoch noch da. Er machte ein wenig Ordnung im Garten, hackte die Erde auf und beseitigte das Unkraut und die vergilbten Blätter.

Für den Abend wollte er ein schönes Gemüsesüppchen und zwei Spiegeleier mit einem Hauch Olivenöl bereiten, denn Olivenöl war, wie alles andere auch, äußerst knapp geworden.

Er musste sie wecken, damit sie etwas essen konnte. Zuerst ließ er sie die Medikamente einnehmen, die man ihnen mitgegeben hatte, dann half er ihr, sich aufzurichten, und stopfte ihr die Kissen in den Rücken. Minica hatte eigentlich keine Lust zu essen, und er, der auf dem Bettrand saß, fütterte sie wie ein kleines Kind, flößte ihr einen Löffel nach dem anderen ein, nachdem er sie endlich dazu gebracht hatte, den Mund zu öffnen.

Danach ging Nino nach unten, um selbst zu essen. Dann wusch er das Geschirr ab, und weil Minica wieder eingeschlafen war, schaltete er das Radio ein und hörte ganz leise Musik.

Als er später nach oben ging, um sich hinzulegen, war Minica noch wach und starrte an die Decke. Kam ihr die Erinnerung an das zurück, was Barrafato ihr angetan hatte? Nino hatte Angst vor dem Augenblick, da seine Frau anfangen würde, ihm Fragen zu stellen. Denn mit Sicherheit würde Minica sagen, er solle Barrafato anzeigen. Und er müsste dann antworten, dass Barrafato umgebracht worden sei. Er war sicher, dass seine Frau auf diese Antwort hin gleich überzeugt sein müsste, dass er ihn umgebracht hätte. Und er wusste sehr wohl, dass er vor ihrem Blick nicht die Kraft haben würde, die Wahrheit zu leugnen. Aber wie würde sie dann dazu stehen? Wie würde sie reagieren?

Er legte sich hin. Wie schon am Nachmittag nahm Minica seine Hand.

«Wir müssen uns noch ein kleines bisschen gedulden», sagte sie.

Nino verstand nicht gleich.

«Für was?»

«Um uns lieben zu können. Im Augenblick tut es mir noch zu weh.»

«Mach dir keine Sorgen! Wir haben alle Zeit der Welt.»

«Ich will es aber sofort!»

Auch diesmal verstand Nino nicht gleich.

«Was willst du sofort?»

«Ein neues Kind!»

Er erstarrte. Sie wusste also, dass sie das Kind verloren hatte. Nur dass niemand im Hospital den Mut gehabt hatte, ihr zu sagen, dass sie niemals mehr in der Lage sein würde, ein Kind zu bekommen! Und wie sollte er es ihr jetzt sagen? Mit welchen Worten?

Die ganze Nacht dachte er darüber nach. Dann, um sieben Uhr in der Frühe, glaubte er endlich, den einzigen Weg gefunden zu haben, wie er es machen könnte.

Nachdem sie am Vormittag das frische Ei ausgeschlürft hatte, das ihr Mann ihr gebracht hatte, sagte Minica, sie würde sich nun viel besser fühlen und daher den Hahn kochen, der ihr geschenkt worden war und dem Nino den Hals umgedreht hatte. Sie setzte sich auf einen Stuhl neben der Tür des Bahnwärterhäuschens und rupfte ihn. Als sie wieder hereinkam, um den Topf auf den Herd zu stellen, ließ sie sich erklären, wie das Radio funktionierte, und schaltete es ein.

Beim Essen rückte Nino mit dem Gedanken heraus, den er ihr darlegen wollte.

«Hör mal, Minica, gestern Abend hast du etwas gesagt, das …»

«Was habe ich denn gesagt?»

Sie hatte es vollkommen vergessen.

«Du hast gesagt, es würde dir da unten immer noch weh tun.»

«Ach ja.»

«Da ist mir ein Gedanke gekommen.»

«Sag's mir!»

«Natürlich sind Ärzte immer Ärzte. Doch meiner Meinung nach könnte deine Wehmutter dir viel eher helfen.»

«Du willst eine Wehmutter herbestellen? Welche? Kennst du eine?»

Heilige Jungfrau, wie konnte sie sich denn nicht mehr daran erinnern, dass Donna Ciccina Pirrò zweimal hergekommen war, um sie zu untersuchen?!

«Ja, ich kenne eine. Vielleicht findet sie ja ein Mittel für dich, durch das du schneller wieder gesund wirst. Was meinst du?»

«Das scheint mir ein guter Gedanke zu sein.»

«Meinst du, du könntest dich heute alleine um unser Haus kümmern?»

«Heute nicht, ich bin ein bisschen müde und will mich hinlegen. Fahr doch morgen Vormittag zu ihr!»

Doch dann kam alles ganz anders. Gerade war der Tag angebrochen, als ein paar englische Bomber angeflogen kamen, die mit ihren Geschossen auf die Schienen zielten, aber danebentrafen. Nino und Minica fuhren schlagartig aus dem Schlaf hoch und rannten halb nackt, wie sie waren, aus dem Haus. Dann lud sich Nino seine Frau, die nicht laufen konnte, auf den Rücken und brachte sie so weit weg wie irgend möglich von den Schienen. Sie setzten sich unter einen großen Baum mit einem riesigen Stamm, doch drinnen war er ganz hohl, sodass ein Mensch sich durch einen Spalt aufrecht hineinschieben konnte. Und als beim zweiten Anflug ein Geschoss ganz in ihrer Nähe einschlug und die Bombensplitter die Äste eines Mandelbaums vor ihnen herunterrissen, packte Nino seine Minica, als wäre sie eine Puppe, und brachte sie in dem Baumstamm unter, denn auf diese Weise war sie besser geschützt. Er selbst warf sich auf den Boden. Nach einem dritten Anflug konzentrierten sich die Flugzeuge aufs Meer. Das Häuschen hatte nichts abbekommen, wohl aber die Schienen. Nino musste bis zum Abend mit ein paar Bahnarbeitern, die aus Sicudiana herbeigekommen waren, für die Beseitigung der Schäden sorgen.

Zur Wehmutter konnte er erst am folgenden Morgen fahren. Der Ehemann der Wehmutter empfing ihn und erklärte ihm, seine Frau sei außer Haus, weil eine Schwangere vor der Zeit niederkommen würde. Er gab Nino den Rat, es in einer Stunde noch einmal zu probieren. Und so ging Nino zu Don Amedeo, um ihm guten Tag zu sagen.

Als er den Friseursalon betrat, hörte er ganz deutlich Don Antonio Fares sprechen, der sich rasieren ließ.

«... und es besteht überhaupt kein Zweifel, dass wir beide, Deutsche wie Italiener, in Russland eins auf den Sack kriegen, bei dem Schnee, der da fällt!»

Dann ging er beim Café Castiglione vorbei, um vier Cannoli zu kaufen, doch da sagte man ihm, dass die

Faschisten verboten hätten, Kuchen und Gebäck herzustellen, mit Ausnahme sonntags.

Er kehrte zum Haus der Wehmutter zurück. Jetzt traf er sie an, und so erzählte er ihr, was ihm der Professor im Hospital gesagt hatte.

«Also mit anderen Worten, du willst, dass ich deiner Frau sage, sie kann keine Kinder mehr kriegen – hab ich das richtig verstanden?»

«Ja.»

«Wie kommen wir zu dir nach Hause?»

«Mit der Lore.»

«Und du fährst mich hinterher auch wieder mit der Lore zurück?»

«Ja.»

«Das gefällt mir nicht!»

«Wieso?»

«Na, denk doch mal nach, mein Sohn! Ich komme, um der Armen zu sagen, dass sie nach dem, was sie durchgemacht hat, keine Kinder mehr kriegen kann, und dann lassen wir sie mindestens zwei Stunden lang alleine? Und wenn sie sich vor lauter Verzweiflung ins Meer stürzt?»

«Das stimmt … Aber was können wir dann tun?»

«Du holst mich morgen früh um zehn an der Haltestelle vor dem Haus von Agustino ab.»

«Und dann gehen wir dreihundert Meter zu Fuß?»

«Na, was ist das schon?»

Donna Ciccina Pirrò hielt Wort. Sie untersuchte Minica lange, während Nino sich im Erdgeschoss aufhielt und vor lauter Nervosität im Zimmer auf und ab tigerte.

Schließlich kam sie herunter.

«Ich hab ihr alles gesagt. Jetzt gehst du zu ihr, aber lass sie in diesen Tagen auf keinen Fall alleine, das rate ich dir dringend! Du musst mich nicht begleiten, ich finde allein zum Haus von Agustino.»

«Aber wieso höre ich sie nicht weinen?»

«Weil sie noch völlig benommen ist von dem, was sie gerade erfahren hat. Später wird sie weinen, und das wird ihr guttun.»

Neun

Doch Minica weinte nicht, weder da noch später.

Nino war es, als wäre die Quelle ihrer Tränen von einem Moment auf den anderen ausgetrocknet wie ein Brunnen in der Wüste. Sie weinte auch nicht, als ihr einmal in der Küche beim Kochen das spitze Messer aus der Hand glitt und sich in ihren linken Fuß bohrte. Das Blut strömte heraus, und Nino bekam es mit der Angst zu tun. Mit zitternden Händen begann er sie zu verarzten, und der Spiritus, mit dem er die Wunde desinfizierte, musste lange und heftig brennen, doch sie reagierte nicht – keine Träne, keine Klage, kein Mucks und kein Rucks.

Mitte 1942 wurde der Krieg schlimmer.

Eine über die andere Nacht kamen Tiefflieger und bombardierten Vigàta; die Flak, die auf den höher gelegenen Teilen der Stadt stationiert war, und die Luftabwehrgeschütze an Bord der Kriegsschiffe eröffneten das Sperrfeuer, und die Leuchtraketen zeichneten am dunklen Himmel Bilder aus Lichtern, schöner als ein Feuerwerk.

Eines Nachts, als Nino vom fernen Böllern der feindlichen Geschütze geweckt wurde, stand er auf und ging an den Strand, weil man von dort aus die Explosionen der Bomben und die hektischen Abwehrbemühungen der Flak besser beobachten konnte.

Und während er da stand und schaute, trat Minica an seine Seite, die ebenfalls wach geworden war.

Seine Frau schaute eine ganze Weile zu und sagte dann: «Dies Jahr ist es schöner als letztes.»

«Was?»

«Das Feuerwerk für San Calorio.»

«Aber es ist doch gar nicht das Fest für San Calorio!»

«Ach, nicht? Was ist es dann?»

«Das ist der Krieg!»

«Der Krieg? Warum gibt es denn Krieg?»

Eines Tages fuhr er nach Vigàta, um sich auf die Suche nach etwas Essbarem zu machen.

In den Läden und Geschäften herrschte inzwischen Mangel an allem; man konnte nur noch mit Lebensmittelmarken einkaufen. Doch um zehn Kilo Weizen, einen Liter Olivenöl oder ein halbes Kilo Fleisch zu kriegen, musste man bloß hinter den Fischmarkt gehen, wo eine Handvoll Männer wartete, die einem genau das besorgte, was man brauchte.

Fragte man einen …

«Was kostet eine Flasche Olivenöl?»

… nannte der einen Preis, der unverhandelbar war, auch nicht um einen Centesimo. Dann gab man ihm das Geld in bar, und nach nicht einmal zehn Minuten wurde die Flasche Olivenöl gebracht.

Alles und jedes kostete ein Vermögen. Doch Nino hatte glücklicherweise genug Geld.

Und außerdem wollte er es Minica an nichts fehlen lassen.

Nach dem Einkauf machte er sich auf den Weg zum Bahnhof.

Die Via Cannelle lag in Schutt und Asche. Jedes dritte Haus war entweder ausgebrannt oder lag in Trümmern, und die Menschen, die darin gewohnt hatten und schlagartig arm und irre geworden waren, suchten jetzt inmitten des Schutts nach irgendwelchen Dingen, die noch unversehrt waren.

Er legte einen Schritt zu: Es war besser, sich so schnell wie möglich aus Vigàta zu entfernen.

«Nino!»

Er blieb stehen und drehte sich um. Es war Don Simone, den er seit dem Abend bei Barrafato nicht mehr gesehen hatte.

«Wie geht es deiner Frau?»

«Gesundheitlich gut, aber im Kopf ist sie durcheinander.»

«Die Arme! Hast du gehört, was mit Ingargiola los ist?»

«Nein. Was gab's denn?»

«Neulich beim Bombenalarm ist er aus dem Haus gelaufen, um in den Luftschutzkeller zu gehen, stolperte und brach sich das Bein. Inzwischen aber hatte die Flak zu schießen angefangen, und er musste laut um Hilfe rufen, doch keiner blieb stehen, sie haben ihn einfach draußen liegen lassen. Da traf ein Splitter sein unversehrtes Bein. Fast wäre er verblutet! Sieht so aus, als müsste er für immer humpeln. Er selbst erzählt die Geschichte natürlich völlig anders.»

«Und wie erzählt er sie?»

«Als er aus dem Haus zum Luftschutzkeller laufen wollte, stellte ihm ein Unbekannter ein Beinchen und schoss ihm dann ins andere Bein. Und, an welche Geschichte glaubst du?»

«An die von Ingargiola!»

Don Simone brach in Gelächter aus, wurde dann aber wieder ernst.

«Hör zu, ich muss mit dir reden!»

«Bitte, redet nur!»

«Besser bei dir zu Hause. Gegen vier komme ich zu dir.»

Nach dem Bahnwärterhäuschen, das vor dem seinen lag, musste er anhalten, weil eine Ziegenherde vorüberzog. Plötzlich kam ihm ein Gedanke, und er sprach den alten Ziegenhirten an.

«He, Billicò, ich brauche Milch!»

«Ich melk sie dir gleich frisch.»

«Nein, ich will eine ganze Ziege haben, damit ich jeden Morgen frische Milch bekomme.»

«Ich will aber keine hergeben.»

Da fiel ihm eine gute Begründung ein.

«Die ist für meine Frau, sie erwartet ein Kind.»

«Das wird dich aber viel Geld kosten!»

«Sag mir nur, wie viel!»

Der Alte platzte mit einer Summe heraus, Nino halbierte sie. Nach zehn Minuten zäher Verhandlung band Billicò die Ziege an den Beinen zusammen und legte sie ihm auf die Lore.

Zu Hause angekommen, befreite er als Erstes die Ziege von ihren Fesseln, öffnete den Schuppen und band das Tier mit einem Stück Seil an einem Haken fest, der an der Tür angebracht war: Auf diese Weise konnte sie drinnen oder draußen sein, ganz wie sie wollte. Er ging in den Garten, schnitt ein bisschen Gras zusammen und brachte es ihr.

Als er mit den Einkaufssachen ins Haus kam, traf er Minica neben dem Radio sitzend an. Es kreischte und krachte so sehr, dass man meinen konnte, es herrschte ein Gewitter.

Nino drehte an dem Knopf, um einen Sender zu finden, der Musik spielte.

«Nein!», sagte Minica. «Ich will den von eben!»

Sie wollte das Krachen! Das gefiel ihr. Und als sie es wieder hörte, bekam ihr Gesicht einen zufriedenen Ausdruck.

«Sieh doch mal, warum das Wasser nicht kocht!», sagte sie.

Der Küchenherd war gemauert und hatte zwei Feuerstellen. Minica hatte Feuer unter der einen gemacht, den Topf mit dem Wasser aber auf die andere gestellt.

Dann nahm Nino die Nudeln und wollte sie ins Wasser geben.

«Nur für dich!», sagte Minica.

«Isst du denn nichts?»

«Ich hab keinen Hunger.»

Sie aß immer weniger, und wenn es Nino endlich einmal gelungen war, sie doch zum Essen zu bewegen, ging sie nach kurzer Zeit hinaus und erbrach sich. Oft stand sie im Garten, doch sie arbeitete nicht, sie tat gar nichts. Sie legte sich höchstens auf den Boden, um mit ihren nackten Füßen die Erde auszuheben, bis ein regelrechtes Loch entstanden war.

Auch an diesem Tag ging Minica hinaus und erbrach die drei Gabeln Pasta, die sie nur gegessen hatte, weil sie ihm einen Gefallen tun wollte. Dann ging sie in den Garten. Er machte alles sauber und putzte den Boden, weil Don Simone kommen wollte. Schließlich ging er nachschauen, was Minica trieb.

Seine Frau hatte die Augen geöffnet, doch sie sah ihn nicht. Sie hatte ihre Füße in die Erde gegraben, aber stand aufrecht da. In der Hand hielt sie einen Eimer mit Wasser, das sie langsam und vorsichtig auf die Erde über ihren Füßen schüttete. Vielleicht wollte sie sich ja erfrischen.

«Ist es denn nicht besser, du steckst deine Füße gleich in den Eimer?»

Sie wandte nur den Kopf nach ihm um.

«In den Eimer? Wie sollen mir denn da Wurzeln wachsen?»

Mit einer Angst, die ihn in ihren Abgrund riss, begriff Nino, dass Minica keineswegs nur wirr redete.

Don Simone kam pünktlich. Den Weg von Agustinos Haus war er zu Fuß gekommen.

Sie setzten sich an den Tisch, und Don Simone nahm dankbar ein Glas Wein an.

«Wo ist denn deine Frau?»

«Im Garten.»

«Sagst du ihr wohl, dass sie eine Viertelstunde dortbleiben soll? Ich muss mit dir alleine reden.»

«Keine Sorge, sie kommt nicht.»

«Was ist heute für ein Tag?»

«Donnerstag.»

«Am Sonntagabend werden Vigàta, Montereale, Sicudiana und Fiacca bombardiert.»

Woher wusste er das? Doch es war wohl besser, keine Fragen zu stellen.

Don Simone griff in seinen Beutel und zog einen Briefumschlag hervor, der so dick war, dass er gar nicht richtig schloss, und legte ihn auf den Tisch.

«Nimm ihn an dich!»

«Was ist denn dadrin?»

«Fünftausend Lire.»

«Aber warum wollt Ihr mir all dieses Geld geben?»

«Für einen Gefallen, den du mir tun sollst.»

«Ich tue Euch den Gefallen auch, ohne dass Ihr mich dafür bezahlt.»

«Dieses Geld gehört nicht mir, daher kannst du es ruhig annehmen.»

«Was soll ich damit? Ich brauch es nicht.»

«Zum Beispiel kannst du mit diesem Geld deine Frau heilen lassen. Du bringst sie nach Palermo zu einem Arzt, der tüchtig ist.»

Daran hatte er gar nicht gedacht! Don Simone hatte Recht, das Geld konnte ihm nützlich sein.

«Was soll ich tun?»

«Du musst zwei Tage lang jemanden verstecken. Dieses Häuschen hier liegt abseits genug, um ein halbwegs geeignetes Versteck zu sein.»

Plötzlich fiel Nino die Grotte im Brunnenschacht ein.

«Ein sicheres Plätzchen hätte ich wahrscheinlich …»

«Umso besser! Denn eins musst du wissen: Wenn sie entdecken, dass du den Mann versteckst, erschießen sie dich! Alles klar?»

«Alles klar.»

«Wie ich schon gesagt habe, Sonntagnacht, wenn Neumond ist, werden sie ab halb eins die gesamte Küste bombardieren. Die Lampe vor dem Haus hier funktioniert?»

«Ja.»

«Zehn Minuten nach Beginn der Bombardierung schaltest du sie ein.»

«Und wenn sie's merken?»

«Nino, dieses ganze Spektakel findet nur statt, damit keiner hier rüberguckt!»

«Verstanden.»

«Nachdem du das Licht eingeschaltet hast, gehst du runter zum Strand. Irgendwann wird ein Boot mit zwei Männern kommen. Einer steigt aus, und der andere fährt wieder weg. Der Mann, der aussteigt, ist der Amerikaner, den du verstecken sollst.»

«Amerikaner? Aber ich spreche doch gar kein Amerikanisch!»

«Dafür spricht er Sizilianisch. Dienstagnacht komme ich ihn abholen.»

Nachdem Don Simone gegangen war, eilte Nino ins Schlafzimmer hinauf und versteckte den Briefumschlag unter dem Ziegel. Dann ging er in den Garten.

Minica hatte sich nicht von der Stelle gerührt. Sie stand weiterhin aufrecht, die Füße in die Erde eingegraben.

«Füllst du mir den Eimer noch mal mit Wasser?», fragte sie Nino, sobald sie ihn sah.

«Schluss mit dem Wasser, sonst erkältest du dich noch!»

«Gib mir Wasser, sonst trocknen die Wurzeln aus!»

Er wurde von einer blinden Wut erfasst. Ohne ein Wort zu sagen, stürzte er sich auf seine Frau, packte sie bei der Taille, riss sie hoch, während Minica ihm das Gesicht mit allen zehn Fingern blutig kratzte, lud sie sich auf die Schultern, trug sie ins Haus, warf sie aufs Bett und gab ihr ein paar saftige Ohrfeigen. Sie weinte nicht, sie klagte nicht, sie sah ihn nur mit aufgerissenen Augen an – und wer dann plötzlich in Tränen ausbrach, war er.

Er heulte und schluchzte und bat sie um Verzeihung, doch Minica schien gar nichts zu hören; sie war in einer anderen Welt, zu der er niemals vordringen könnte.

Als er am nächsten Morgen erwachte, sah er, dass Minica schon aufgestanden war.

Er machte sich Sorgen, rief nach ihr, bekam aber keine Antwort. Schließlich lief er nach unten und ging in den Garten.

Da stand Minica, nur mit ihrem Nachthemd bekleidet, und wieder steckten ihre Füße in dem Loch, in dem sie schon tags zuvor gestanden hatte. Doch jetzt war das Loch noch tiefer; es ging ihr fast bis zu den Knien, denn mit der Hacke, die neben ihr auf dem Boden lag, hatte sie weiter Erde ausgehoben.

Sie schüttete Wasser aus dem Eimer auf die Erde über

ihren Füßen. Doch kaum sah sie Nino, stellte sie den Eimer ab und nahm die Hacke in die Hand.

«Wenn du näher kommst», sagte sie, «zertrümmere ich dir den Schädel!»

Am Mittag war sie bereit, zwei frische Eier auszuschlürfen, wenn sie dafür den leeren Eimer wieder aufgefüllt bekam. Doch hielt sie die Hacke auch da in der Hand. Und weil der Himmel sich mit Wolken zugezogen hatte, erlaubte sie ihrem Mann, ihr eine warme Jacke um die Schultern zu legen.

Gegen drei Uhr setzte ein leichter Regen ein. Da holte Nino den großen Schirm, unter dem sogar zwei Menschen Platz finden konnten, und brachte ihn ihr. Doch Minica wollte ihn nicht.

«Das Wasser vom Himmel hilft den Bäumen, Blätter zu treiben.»

Die Arme wird sich über kurz oder lang eine Lungenentzündung einfangen, die sie schnurstracks ins Paradies befördert!, dachte Nino.

Doch er konnte nichts machen. Sollte er einen Arzt rufen? Aber was sollte der schon tun? Der würde sie doch nur in die Klapsmühle einweisen. Von Minica aber würde er sich niemals trennen, um nichts in der Welt!

Die einzige Lösung bestand darin, ihr zu helfen.

Als der Abend kam, nahm er zwei Holzpfähle, schnitzte ihre Enden spitz zu und trieb sie neben Minica in die Erde, einen rechts und den anderen links, damit sie ihre Arme aufstützen konnte, wenn sie müde wurde.

«Wenn Bäume wachsen, brauchen sie Stützen», erklärte er ihr.

Sie mochte das. Und dann ließ sie sich den Mantel aus gewachstem Leinen umhängen, der zur Ausstattung eines jeden Bahnwärters gehörte. Und sie trank auch einen Becher warme Milch.

Am folgenden Morgen, einem Samstag, wachte er auf, als es noch dunkel war, und ging hinunter ins Erdgeschoss.

Er machte Feuer, molk die Ziege, kochte die Milch ab, goss sie in einen Becher und brachte ihn seiner Frau. Doch er bemerkte, dass Minica auf einen Pfahl gestützt im Stehen schlief. Er berührte eines ihrer Beine und spürte eine gewisse Wärme, was bedeutete, dass es ihr in der Nacht nicht sonderlich kalt gewesen sein musste.

In dem Moment öffnete Minica die Augen. Sie sah ihn an, nahm ihn aber nicht wahr, was in letzter Zeit öfter vorkam.

«Trinkst du ein bisschen warme Milch?»

Langsam stellte sie sein Bild in ihrem Blickfeld scharf, und mit einem Kopfnicken gab sie ihm zu verstehen, dass sie wollte.

Während sie trank, bemerkte Nino, dass sie sich eingenässt und eingekotet hatte. Er kehrte ins Haus zurück, nahm Schwamm und Seife, ging wieder in den Garten, füllte Wasser in den Eimer, setzte sich vor sie hin und wusch sie überall.

Anschließend machte er sich an die Arbeit.

Er trieb vier weitere Pfähle in die Erde, die ein großzügiges Quadrat um Minica herum bildeten und ihren Kopf um zwanzig Zentimeter überragten. Dann stieg er auf eine Leiter und befestigte zwischen den oberen Enden der vier Pfähle ein Geflecht aus Drähten. Aus dem Schuppen holte er eine zusammengerollte Schilfmatte, die er so zuschnitt, wie er sie brauchte, und mit Bast an den Drähten befestigte.

Jetzt hatte seine Frau ein Dach über dem Kopf.

Und weil im Schuppen noch zwei weitere Schilfmatten lagen, baute er ihr am Nachmittag daraus drei Wände. Die vierte Seite, die zum Haus zeigte, ließ er offen.

Jetzt befand sich Minica in einer Art Wachhäuschen, wie bei den Soldaten, wenn sie Wachablösung hatten.

«Bäume, die wachsen, brauchen Schutz.»

Sie lächelte ihn an.

«Aber jetzt musst du was essen!»

Minica war viel zu selig, als dass sie das hätte ablehnen können.

Am Sonntagabend nahm Nino die Taschenlampe, zog Schuhe und Hose aus und stieg in den Brunnenschacht. Als er den Grund berührte, reichte ihm das Wasser nur knapp bis zu den Knien. Er zwängte sich durch die Öffnung, ging den Gang entlang und erreichte die Grotte.

Alles war, wie er es zurückgelassen hatte. Die Zeit dadrinnen tickte anders.

Er wollte aber, dass der Amerikaner keinen schlechten Eindruck erhielt, daher nahm er ein paar Mergelsteine auf, die herausgefallen waren, und sammelte die Knochen und den Totenschädel ein. Danach stieg er wieder hinauf.

Minica hatte in der Zwischenzeit gegessen, allerdings

unter der Bedingung, dass Nino die Erde über ihren Füßen bewässerte. Jetzt hielt sie die Augen geschlossen, doch er konnte nicht erkennen, ob sie auch wirklich schlief.

Eine halbe Stunde nach Mitternacht hörte er einen gewaltigen dumpfen Lärm, der vom Meer kam.

Dann, ganz plötzlich, leuchtete die gesamte Küste von Vigàta bis Fiacca, wie sie nicht einmal beim Patronatsfest leuchtete. Das Gegenfeuer der Flak war so laut, dass ihm die Ohren weh taten.

Und kurz darauf begannen mit lautem Getöse die Bomben zu explodieren, sodass man meinen konnte, es käme direkt aus dem Inneren der Erde.

Doch in unmittelbarer Umgebung des Bahnwärterhäuschens lag alles in tiefem Dunkel und absoluter Stille, weil die Flugzeuge sich in weiter Ferne hielten.

Nino schaltete das Außenlicht ein und ging zum Strand hinunter.

Die Flak feuerte weiter, und es war so hell über der Küste, als zöge das erste Licht des Tages am Himmel auf.

Nach nicht einmal fünf Minuten sah er aus dem Dunkel über dem Meer ein kleines Boot in seine Richtung kommen. Als es am Ufer angelangt war, bemerkte er, dass es kein Holz-, sondern ein Schlauchboot war.

Ein Mann kletterte heraus, und das Boot verschwand wieder in der Dunkelheit.

«Ich grüße dich», sagte der Amerikaner.

«Ich grüße dich», erwiderte Nino.

Als Erstes ließ er ihn ins Haus eintreten und schaltete sogleich das Außenlicht aus.

«Ein bisschen Wasser, bitte!», sagte der Amerikaner und hielt ihm eine ziemlich große Feldflasche hin.

Der Mann war um die dreißig, Haare und Augen waren schwarz. Er war in Zivil gekleidet, aber wie einer vom Land. Über der Schulter trug er einen großen Sack.

«Wo verstecke ich mich?», fragte er, als Nino die Feldflasche aufgefüllt hatte.

«Komm mit!»

Sie gingen hinaus. Der Bombenangriff war vorbei. In der Ferne sah man die Flammen von den brennenden Häusern hochlodern.

Er führte den Amerikaner zum Brunnen. Es war so dunkel, dass dieser Minica in ihrem Wachhäuschen nicht bemerkte.

«Lass den Rucksack hier stehen, ich seile ihn hinterher zu dir ab!»

Der Amerikaner runzelte die Stirn.

«Ich soll in den Brunnen steigen?»

«Ja.»

Er dachte einen Augenblick nach, dann sagte er:

«Geh du zuerst!»

Nino begann hinunterzuklettern, und der Amerikaner schaltete seine Taschenlampe ein und leuchtete ihm beim Abstieg.

«Jetzt kletterst du runter!», rief Nino vom Grund aus zu ihm hoch.

Als der Amerikaner unten angelangt war, schob er sich durch die Öffnung. Der andere folgte ihm.

In der Grotte riss er vor Staunen die Augen auf. Der Ort gefiel ihm sehr.

«Soll ich dir eine Decke bringen? Und das Wasser im Brunnen, das kann man übrigens trinken.»

«Nein, nein, ich hab alles, was ich brauche. Auch was zum Essen. Lass nur den Rucksack zu mir runter!»

Als er den Amerikaner versorgt hatte, ging er zu Minica und sah nach ihr. Sie schlief, die Arme hatte sie auf die Pfähle gestützt. Sie sah aus, als hinge sie am Kreuz, und es war durchaus möglich, dass sie dieses ganze furchtbare Bombentheater überhaupt nicht mitbekommen hatte.

Er füllte den Eimer und bewässerte ganz sacht die Erde zu ihren Füßen.

Auf diese Weise würde sie am nächsten Morgen, wenn sie erwachte, sehen, dass die Erde feucht war, und das würde sie freuen.

Zehn

Als der Morgen dämmerte, molk er die Ziege, kochte die Milch ab und brachte sie seiner Frau. Dann ging er zum Strand. In der Gegend um Vigàta, Montereale und Sicudiana stiegen riesige Rauchsäulen in den Himmel auf. Der Schaden war dieses Mal sehr groß. Der Amerikaner schien eine wichtige Person zu sein! Kein einziger Zug fuhr, weder der aus Vigàta noch der aus Castellovitrano. Er wollte die Neuigkeiten erfahren, daher griff er zum Telefonhörer. Doch die Leitung war tot, sie musste von den Bomben getroffen worden sein. Das Bahnwärterhäuschen war jetzt völlig isoliert.

Besser so.

Gegen Mittag stieg er in den Brunnenschacht. Kaum hatte er mit dem Abstieg begonnen, hörte er den Amerikaner fragen:

«Wer ist da?»

«Ich bin's.»

Er betrat die Grotte. Der Amerikaner lächelte ihm zu und steckte den Revolver wieder in seinen Rucksack.

Er hatte in einer Art Sack geschlafen und war gerade bei der Morgentoilette. Sein Gesicht war frisch rasiert.

«Brauchst du irgendwas?»

«Nichts. Hör mal, ich lass den Rucksack hier. Wenn ich ihn brauche, komme ich und hol ihn.»

«Einverstanden.»

Am Dienstag um Mitternacht hörte er ein leises Klopfen an der Tür. Nino ging öffnen. Es war Don Simone. Nino bat ihn herein und ließ ihn Platz nehmen.

«Alles in Ordnung?»

«Alles in Ordnung.»

«Deine Frau?»

«Ihr geht's gut.»

«Wo ist der Amerikaner?»

«Ich geh ihn holen.»

Als der Amerikaner kam, unterhielt sich Don Simone mit ihm auf Amerikanisch. Eine Viertelstunde später machten sie sich gemeinsam auf den Weg.

Nino ging zu seiner Frau, um die Erde zu bewässern.

Doch manches Mal verlor Nino den Mut. Konnte man denn so weitermachen? Wie lange würde er dieser Situation noch gewachsen sein? Was, wenn ihm bei der Arbeit etwas passierte, eine Verletzung, ein Sturz, der ihn tagelang lahmlegte? Wer würde dann nach seiner Frau sehen, wer würde sich dann um sie kümmern?

In gewissen Nächten, wenn ihn diese Gedanken mehr als sonst quälten, wollte er schon in den Garten gehen, ein Loch neben das von Minica graben, hineinsteigen und versuchen, ebenfalls ein Baum zu werden. Ein Wahnsinn? In was verwandelte sich denn der Mensch nach dem Tod? In Staub! Er veränderte sich also. Konnte er sich dann nicht schon zu Lebzeiten verändern? Er erinnerte sich, dass sein Schullehrer einmal erzählt hatte, der Lorbeerstrauch sei einst, ganz am Anfang der Zeiten, ein schönes Mädchen gewesen, das sich hernach in eine Pflanze verwandelt habe. Wenn man das in grauen Vorzeiten hatte tun können, wieso war der Mensch dann jetzt nicht mehr dazu in der Lage?

Inzwischen war Minica spindeldürr geworden, nur noch Haut und Knochen. Sie aß nicht mehr, es sei denn für einen Gegendienst: Wenn Nino sich in irgendeiner Weise um den Baum kümmerte, der sie werden wollte, dann öffnete sie den Mund und schluckte brav Milch, Eier, auch etwas Brühe. Wo nicht, verweigerte sie alles und jedes.

Da gab es kein Vertun. Also musste sich Nino jeden Tag etwas Neues einfallen lassen.

Einmal ging er mit einem Korb zu 'Ntonio Trupia, der zwei Kühe hatte und deren getrocknete Scheiße mit Tabak vermischt rauchte.

«Könnt Ihr mir meinen Korb mit Dung vollmachen?»

«Nein, den brauch ich zum Rauchen.»

«Aber ich bezahl ihn Euch!»

«Das ist was anderes ...»

Die Hälfte des Dungs verteilte er über Minicas Erde.

«Ich dünge dich gerade.»

Und um ihm dafür zu danken, aß sie.

Ein anderes Mal ließ er sie die Arme auf die Pfähle legen und schnitt ihr mit der Schere die Haare unter den Achseln weg.

«Ich beschneide dich gerade», sagte er zu ihr.

Wieder ein anderes Mal schnitt er ihr die Haare auf dem Kopf kürzer.

«Die Zweige sind dann doch zu lang geworden.»

Ninos Leben folgte längst einem ganz genauen Zeitplan, genauer noch als der Zugfahrplan. Morgens brachte er der Ziege Wasser und Grünfutter und molk sie dann. Er kochte die Milch ab und gab sie seiner Frau zu trinken. Mit einem Schwamm und dem Wasser aus dem Eimer wusch er sie anschließend gründlich.

Um halb eins bereitete er das Mittagessen zu, für sich selbst Pasta und für sie zwei Eier, danach wusch er das Geschirr ab.

Abends dagegen kochte er eine Gemüsebrühe für sie und begnügte sich selbst mit Brot und Käse oder Brot und Oliven. Bevor es dunkel wurde, wusch er sie noch einmal.

Im November begann es kalt zu werden.

Da fuhr er nach Vigàta und kaufte zwei schöne schwere Wolldecken, die er mit einer großen Stopfnadel und Garn so zusammennähte, dass eine Art Sack mit einer Öffnung oben für ihren Kopf entstand. Er war einfach überzuziehen und einfach wieder abzunehmen. Notfalls konnte man auch einen Überwurf aus gewachstem Leinen mit Kapuze darüberhängen.

Doch im selben Monat November hatten die Flugzeuge die Gewohnheit entwickelt, jede Nacht, aber auch wirklich jede Nacht die Küste zu bombardieren.

Eines Morgens, als er ihr die Milch gebracht hatte, verweigerte Minica sie.

«Später!»

«Später wann?»

«Du musst mich erst umpflanzen!»

Nach dem Lebensrhythmus eines Baumes hatte sie recht. Die Zeit war gekommen, da sie hätte umgepflanzt werden sollen, auch wenn die Jahreszeit dem noch nicht ganz entsprach. Er unternahm nicht einmal den Versuch, sie davon abzubringen, denn er wusste genau, dass Minica weder an diesem Tag noch an jedem anderen etwas essen würde, wenn er nicht tat, was sie von ihm verlangte.

Er nahm also die Hacke und begann mit dem Ausheben einer Grube vier Schritt von der Stelle entfernt, an der sie jetzt stand. Er machte sie schön tief, damit Minica bis zum Oberschenkel darin versinken konnte. Er schüttete einen Eimer Wasser hinein, dann vermischte er die Erde mit dem übriggebliebenen Dung und entwurzelte Minica. Diese Arbeit musste mit den Händen gemacht werden, mit der Hacke hätte er sie verletzen können.

Als ihre Füße zum Vorschein kamen, traf ihn fast der Schlag. Sie sahen wirklich bald aus wie Wurzeln! Wie konnte das nur sein?

Dort, wo einmal die Zehennägel, die Haut und das Fleisch gewesen waren, zeigte sich jetzt der blanke Knochen. Ihre Füße glichen einem Paar durchlöcherter Socken, durch die sich die Zehen drängten – nur dass hier die feinen Gliederknöchelchen hindurchdrangen! Sie waren leicht angegilbt und stellenweise von grünen Flecken, einer Art Moos, überzogen. Und sie waren nach unten gebogen und hatten sich schon ins Erdreich gekrallt.

Wahrscheinlich hätten ein paar weitere Tage gereicht …

Er konnte den Gedanken nicht aushalten, zitternd stand er auf, ein Hammer dröhnte in seinem Kopf, sein Blick vernebelte sich. Er wollte weit, weit weglaufen.

«Lass die Wurzeln nicht unbedeckt! Sie könnten doch Kälte abbekommen!», rief Minica.

Dieser Schrei erinnerte ihn daran, dass es seine Aufgabe war weiterzumachen. Er nahm seine Frau und stellte sie in die neue Grube.

«Ist's dir so recht?»

«Ja.»

Er füllte die Grube mit Erde auf. Bis zum Abend hatte er auch wieder die Pfähle neben ihr eingetrieben und die Hütte neu errichtet.

Die Tage vergingen. Minica sprach inzwischen nicht mehr, nur hin und wieder bedeutete sie ihm etwas mit Blicken. Doch sie verstanden sich aufs vollkommenste.

Eines Morgens, nachdem sie ihre Milch getrunken hatte, redete sie plötzlich.

Doch weil sie das Sprechen nicht mehr gewohnt war, konnte Nino nicht verstehen, was sie sagte.

«Was hast du gesagt?»

«… Zeit … ommen … redeln.»

«Es ist die Zeit gekommen zu reden?»

Sie schüttelte den Kopf.

«Wa…te», sagte sie.

Sie öffnete und schloss den Mund, als würde sie die Worte immer und immer wiederholen, und dann sagte sie deutlich und klar:

«Die Zeit ist gekommen, mich zu veredeln.»

Sie wollte veredelt werden!

«Warum nur willst du ein Baum werden?», fragte Nino verzweifelt.

Für einen Moment füllten Minicas Augen sich wieder mit Leben.

«Ich ... will ... Früchte tragen.»

Da verstand Nino. Wenn sie als Frau schon keine Kinder bekommen konnte, dann wollte sie wenigstens versuchen, Früchte hervorzubringen, indem sie ein Baum wurde.

Und in diesem Moment schwor er sich, dass er sie immer zufriedenstellen würde, sogar wenn er selbst zu Dünger, Erde, Gras oder Wasser werden müsste.

«Und welche Frucht möchtest du hervorbringen?»

«Mispeln. Veredle mich!»

Er stellte sich hinter sie, ließ sie sich ganz leicht nach vorne beugen und sagte ihr, sie solle sich mit den Händen auf die beiden Pfähle stützen. Dann zog er ihr den Sack aus und hob ihn über ihren Kopf, ließ seine Hose herunter und veredelte sie.

Minicas Haut duftete nach frischgemähtem Gras.

Wenn doch nur ein Wunder geschehen könnte!, dachte er, während er sich in sie ergoss.

Doch das Wunder geschah nicht. Im Gegenteil. Nach einigen Wochen wurde es für Nino immer schwieriger, Minica zum Essen zu überreden.

«Warum isst du denn nichts? Willst du mich wirklich um den Verstand bringen?»

Manchmal sah sie ihn an, andere Male hob sie nicht einmal den Blick.

Eines Tages wurde Nino von Wut erfasst: Mit der linken Hand packte er ihr Gesicht mit einer solchen Kraft, dass sie gezwungen war, den Mund zu öffnen und Milch zu trinken.

«Sinnlos», sagte sie am Ende.

«Warum ist das sinnlos? Wenn du nicht isst, stirbst du!»

«A… Aks …»

«Meinst du den Ast?»

Minica schüttelte den Kopf, um zu sagen, dass er sie nicht richtig verstanden habe.

«Greif … Axt.»

«Willst du, dass ich die Axt nehme?»

Sie nickte.

«Warum denn das?»

«Aus … einem Baum … der keine … Früchte trägt … macht … man … Brennholz.»

Am Morgen des 23. Dezembers nahmen die Tiefflieger sich noch einmal die gesamte Kampflinie vor.

Und dieses Mal warfen sie nicht nur einzelne Bomben ab, sondern regelrechte Bombenteppiche.

Als alles begann, stand Nino vor seinem Häuschen und beobachtete, wie der Zug in ungefähr zehn Metern Entfernung langsam zum Stehen kam, während zahlreiche Reisende sich aus den noch rollenden Waggons stürzten, um aufs offene Land zu flüchten.

In genau dem Moment flogen zwei Tiefflieger vorbei und warfen ihre Bomben aus niedrigster Höhe ab. Zwei Geschosse trafen den Zug, ein drittes schlug etwa zwanzig Meter hinter dem Bahnwärterhäuschen ein. Durch den Luftdruck wurde Nino gegen die Hauswand geschleudert und schlug sich den Kopf auf. Völlig benommen und zusammengekauert blieb er ein paar Minuten auf dem Boden liegen. Als er die Augen aufschlug, fand er sich in einem Meer von Blut wieder. Vom Zug drang ein lautes Stimmengewirr aus Gebeten, Klagen, Flüchen und Hilferufen zu ihm herüber.

Er ging ins Haus, nahm einen Lappen, wusch sich das Blut vom Gesicht, presste einen zweiten sauberen Lappen auf seine Kopfwunde und rannte hinaus in den Garten.

Sein Herz stand still. Die Hütte war nicht mehr da, sie lag zerfetzt in ihre Einzelteile auf dem Boden herum. Und auch Minicas Sachen lagen da herum: der aus Decken genähte Sack, der regensichere Umhang.

Sie selbst aber war nicht da. Offenbar war es ihr gelungen, aus der Grube zu steigen und die Flucht zu ergreifen.

Da machte sich Nino auf, sie zu suchen. Er rief nach ihr, so laut er nur konnte. Jetzt herrschte ringsum eine große Stille, nicht einmal Hundegebell war zu hören. Ganz sicher war sie nicht zum Strand gelaufen, denn dann hätte er sie gesehen.

Er lief zu Agustinos Haus, und als er an dem großen Olivenbaum vorbeikam, unter dem sie bei dem letzten Bombenangriff Schutz gesucht hatten, wurde er auf etwas aufmerksam, das er zuerst nicht zuordnen konnte.

Er trat näher.

Minica war in den ausgehöhlten Stamm gestiegen. Nackt und spindeldürr, wie sie war, die Arme nach oben gereckt, sodass ihre Hände im Inneren des Stammes gänzlich verschwanden, hatte sie sich so gedreht und gewunden, dass sie vollkommen eins wurde mit dem Baum.

Und obwohl sie nicht die Kraft hatte, Widerstand zu leisten, hatte Nino alle Mühe, sie dort herauszuholen. Als es ihm endlich gelungen war, schaute er überall nach, ob sie verletzt war; das war sie aber nicht, nur ein paar Abschürfungen hatte sie sich geholt, als sie in den Olivenbaum geklettert war. Er legte sie sich über die Schultern und trug sie zurück zum Haus.

Er musste sie rasch in Sicherheit bringen, die Flugzeuge würden ganz sicher wiederkommen.

Er lehnte sie gegen die Brunnenwand, lief ins Haus, nahm die Taschenlampe, ging in den Garten zurück und lud sie sich wieder auf die Schultern. Die ganze Zeit rührte sie sich nicht; sie wirkte, als wäre sie bewusstlos. Da ergriff er das Tau, seilte sich mit ihr in den Brunnenschacht ab und brachte sie in die Grotte. Dort legte er sie auf den Sack, den der Amerikaner dagelassen hatte, und kletterte wieder nach oben.

Sein Kopf blutete noch immer. Er wusch sich erneut und rieb ein wenig Eiweiß auf die Wunde, das er immer verwendete, wenn er sich beim Rasieren geschnitten hatte. Dann legte er sich einen sauberen Verband an und stürzte zu dem Zug, um dort zu helfen.

Die Eisenbahnstrecke von Montereale bis zu der Stelle, wo der Zug Vigàta–Castellovitrano bombardiert worden war, hatte keine Schäden davongetragen, und so traf eine Stunde später ein Militärzug mit Soldaten, Ärzten und Sanitätern ein. Nino, der Zugführer Don Gaspano, der Heizer und ein paar hilfsbereite Reisende hatten vor Ankunft des Zuges die Verwundeten aus den getroffenen Waggons herausgezogen und sie unter dem Baum abgelegt. Zwei Motorboote der Marine waren bis dicht ans Ufer herangefahren und begannen, die gut dreißig Verletzten einzuladen und nach Vigàta zu bringen. Die Toten betrugen zehn: drei Frauen und sieben Männer. Eine dieser drei Frauen war allenfalls zwanzig Jahre alt. Ein Bombensplitter war ihr direkt ins Herz gedrungen.

Um sieben Uhr abends war alles vorbei. Sie koppelten die Lokomotive ab, die nach Sicudiana weiterfuhr. Auf den Gleisen blieben die ausgebrannten Waggonwracks zurück. Ohne Zeit zu verlieren, ging Nino die Ziege melken, kochte die Milch ab, goss sie in eine Flasche und stieg den Brunnenschacht hinunter. Er fand Minica so vor, wie er sie verlassen hatte. Er kniete an ihrer Seite, nahm ihren Kopf in die Hände – sie atmete, vielleicht schlief sie tief und fest –, und es gelang ihm, ihr die Milch in kleinen Schlucken einzuflößen, ohne dass sie erwachte. Dann stieg er wieder hinauf, ging ins Haus, nahm eine Decke und breitete sie über seiner Frau aus, obwohl es in der Grotte weder kalt noch warm war. Er dachte, wenn er den Rucksack des Amerikaners ein wenig leerer räumte, dann konnte er ihr als Kissen dienen.

Er öffnete ihn: Die Pistole war nicht mehr da, dafür ein paar Unterhosen, Socken, eine Hose und fünf Schachteln. Er öffnete eine von ihnen: Nahrungsmittel! Sogar kleine

Zucker- und Schokoladenriegel waren dabei. Er steckte sich einen halben Riegel Schokolade in den Mund, bis sie schmolz, schluckte sie aber nicht herunter, sondern legte seine Lippen auf Minicas und ließ die aufgelöste Schokolade in ihren Mund fließen.

Am nächsten Morgen wachte er später auf als sonst, die Sonne stand schon hoch.

Die Kopfwunde blutete nicht mehr; er hörte das Telefon im Erdgeschoss klingeln und ging hinunter, um den Hörer abzunehmen. Es war der Bahnhofsvorsteher von Montereale.

«Ich wollte nur kontrollieren, ob die Leitung funktioniert, die ist vergangene Nacht nämlich repariert worden.»

«Ja, ja, sie funktioniert.»

«Hör zu, Nino: Heute Vormittag gegen elf kommen die vom Militärischen Arbeitsdienst mit einer Lore und räumen die Gleise frei. Halte dich zu ihrer Verfügung bereit!»

«Wann wird der Fahrverkehr wiederaufgenommen?»

«Morgen früh.»

Er gab der Ziege zu saufen und zu fressen, kochte die Milch schön warm ab und füllte sie in die Flasche. Dann nahm er die Petroleumlampe und eine Schachtel Schwefelhölzer und ging in die Grotte hinunter.

Minica schlief unter der Decke. Er hob sie hoch, um sie anzuschauen, sie hatte nichts unter sich ergehen lassen; zum Abend hin wollte er sie waschen. Er machte es wie am Tag zuvor, nur dass er diesmal einen halben Riegel Schokolade in der Milchflasche auflöste, sich neben sie kniete, ihren Kopf hob und ihr vorsichtig zu trinken gab. Die Petroleumlampe ließ er an, damit Minica nicht im Dunkeln aufwachen musste. Und weil er noch viel Zeit hatte, machte er sich noch einmal auf ins Haus und brachte Kerzen, einen Kanister Petroleum, den Eimer und den Schwamm in die Grotte.

Noch waren es anderthalb Stunden bis zur Ankunft der Männer vom Militärischen Arbeitsdienst.

Die drei Waggons sahen aus wie Skelette. Und ringsum verstreut auf dem Boden lagen Koffer, Schuhe, Hüte, Beutel … Ihm kam ein Gedanke: Es war ja möglich, dass er inmitten all dieser Sachen irgendetwas finden konnte, das für Minica taugte!

Als er in Höhe des ersten Waggons war, sah er dort einen noch verschlossenen Koffer. Nino öffnete ihn. Er war voll mit Tomatenkonserven und musste jemandem gehört haben, der Schwarzmarktgeschäfte betrieb. Schnell klappte er ihn wieder zu und trug ihn ins Haus.

Dann kam er noch einmal heraus, und während er sich an einem Beutel zu schaffen machte, hörte er plötzlich ein Kätzchen miauen. In dem Beutel befanden sich lauter Dinge, die man für ein Neugeborenes braucht: Windeln, Tücher, Fläschchen, Mützchen, ein Päckchen Sicherheitsnadeln, eine Dose mit Puder … Nein, das war nichts mehr, das Minica noch nützlich sein konnte!

Er wollte gerade den Rückweg antreten, als das Miauen wieder begann. Er erstarrte. Wenn er nicht den Beutel gefunden hätte, dann hätte er womöglich noch immer geglaubt, es handele sich um ein Kätzchen. Aber war das denn wirklich ein Tier? Inzwischen war er sich da nicht mehr so sicher.

Die Ohren gespitzt, blieb er stehen und rührte sich nicht vom Fleck. Und tatsächlich: Nach einer Weile erklangen wieder diese Laute. Nein, das war keine schreiende Katze, das war das Wimmern eines kleinen Kindes! Er lauschte wie ein Jagdhund auf der Pirsch. Und kaum setzte das Wimmern erneut ein, stürzte er sich auf ein hohes Grasbüschel neben den Gleisen.

Vorsichtig schob er die vertrockneten Halme zur Seite, und da sah er es: Es war ein Kindchen, ein Säugling, nackt, ein Junge, vielleicht zwei Monate alt!

Er nahm ihn vorsichtig auf, hielt ihn hoch und betrachtete ihn von oben bis unten. Das Kind war gesund, hatte keine einzige Verletzung abbekommen, nichts! Mit einer Hand drückte er es an seine Brust, mit der anderen nahm er den Beutel mit den Sachen darin und lief nach Hause.

Dort legte er den Jungen auf den Tisch, wusch ihn, trocknete ihn ab, puderte ihn, wickelte ihn, hielt die Windel mit einer Sicherheitsnadel zusammen und bugsierte das Köpfchen in eins von den Mützchen. Jetzt brüllte der Kleine aus vollem Hals, richtig verzweifelt. Wie lange war er wohl schon nicht mehr gefüttert worden? Er ließ ihn auf dem Tisch zurück, lief zur Ziege und molk sie. Allerdings hatte sie nur wenig Milch, aber vielleicht reichte das bisschen ja. Er kochte die Milch schnell ab, füllte sie in ein Fläschchen, und sofort begann der Kleine gierig zu trinken.

Da nahm Nino ihm das Fläschchen wieder aus dem Mund, und es war ihm gleich, dass der Junge nun noch lauter brüllte als zuvor; er lief mit ihm auf dem Arm zum Brunnen und kletterte hinab.

In dem in den Stein gehauenen Gang erzeugte das Weinen des kleinen Wesens plötzlich ein Echo, das sich dann in der Grotte noch vervielfachte: Nun war es, als würden mindestens zehn Säuglinge um Hilfe schreien!

Und Nino, der wie erstarrt war, sah, dass Minica langsam die Augen öffnete, sich auf den Arm aufstützte, sodass sie halb aufgerichtet war, und lächelnd sagte:

«Gib ihn mir mal!»

Er gab ihn ihr. Sie setzte dem Kleinen das Fläschchen zurück an die Lippen, und sofort hörte er auf zu weinen.

Vor lauter Glück zündete Nino alle Kerzen an, sie zählten etwa zehn.

In der Grotte aus weißem Mergel aber war es, als wäre der helle Tag angebrochen.

Anmerkung

Wie schon DIE FRAU AUS DEM MEER erzählt auch diese Novelle von einer Verwandlung (die hier allerdings nur eine versuchte Verwandlung bleibt). Die Handlung spielt in einer Zeit, die noch nicht so weit von der unseren entfernt ist. Aus diesem Grund scheint es mir angebracht, darauf hinzuweisen, dass diese Geschichte vollkommen meiner Phantasie entsprungen ist. Jede Übereinstimmung mit Namen und Umständen ist daher rein zufällig.

A. C.

Inhalt

MIX
Papier aus verantwortungsvollen Quellen
FSC® C014496

Das für dieses Buch verwendete FSC®-zertifizierte Papier
Munkenprint Cream liefert Arctic Paper Munkedals, Schweden.